小薇和25隻貓

醉公子 著

代序

有個老家真好！

醉公子

薇薇是我二弟的女兒，也就是我的姪女。

大概從薇薇幼稚園開始，我就發覺她很有繪畫的天份，因為在我們這一代的兄弟妯娌之間比起來，她的老爸老媽也是不太擅長畫圖的。說是「天份」；是因為我也是從小喜歡畫圖而且參加比賽常常得獎的，雖然我後來並沒有去就讀第一志願的美術系，但是直到如今，繪畫的興趣依然不減。所以當我看到薇

薇一張張的作品時，我是既欣喜又驚訝，因為那絕不是她的爸媽刻意影響的結果，更不是我能影響的。

在家中下一代的所有孩子之中，在繪畫方面表現最突出的就是薇薇了，每張作品都是充滿了超越她實際年齡的創意，除了豐富的想像力，在一些漫畫作品中她更無師自通的掌握了別人可能要學習多年才能達到的「簡約」之境，而且她最常畫的全是日常生活中的種種再加上一些自己的幻想，兩者是如此的恰到好處，以她才小學六年級的年齡，完全沒有接受正規美術教育訓練的情形下，卻勝過於同年齡的孩子許多。

薇薇一直立志要做一個服裝設計師與職業的漫畫家，而且一直希望能出版一本自己的漫畫作品集，不像一般孩子總是立志快改變得也快，薇薇卻不一樣，她的志向從沒有改變，而且是一直在努力的往這個目標邁進。

雖然如此，但是在現行升學主義掛帥的教育體制下，功課的壓力使得她如何努力的去畫，作品也不可能太多，加上她對自己作品的標準訂得太高，只要不滿意的一定偷偷的撕掉，雖然大人們從來沒有給她一丁點這方面的壓力，甚至再三要求她不要把標準訂得太高，但是她對自己卻絲毫不肯降低標準，也因此儘管我是再三鼓勵她畫畫，在內心中也十分期望她能畫出完整的漫畫作品，可惜她永遠是撕的比畫的多，連她爸媽想偷偷的搶救幾張也很難，所以她的漫畫作品一直不是很多，當然是不可能集成一整本書了，老實說對於這點我是有些失望的，而且她即將小學畢業，未來更加沉重的國中課程只怕更難實現這個

夢想了。

真的！我好喜歡這個文靜乖巧又很有個性很有創意的小姪女，喜歡她的畫，喜歡她養貓愛貓的種種故事，更喜歡她畫自己和咪咪貓之間的漫畫，於是我幾乎是突發奇想的想到這整個過程不就是一個很有趣的故事嗎？我們的家族不就是一個很有趣的組合嗎？我們的花蓮老家不就是孩子們的快樂天堂嗎？至於薇薇和她心愛的二十五隻貓雖然充滿了傳奇，她畫自己和貓的故事也非常有趣，但是在我們花蓮老家發生的趣事還有許多許多，為什麼不可以一起說出來、寫出來呢？而且我們家能動筆的不少，會攝影，會編輯，以及電腦專家都有，為什麼不一起動手來完成這本在談我們這一家種種趣事的書呢？

於是在我登高一呼之下，大大小小毫無異議的就通過了，大家都樂於看見這本以薇薇和二十五隻咪咪貓為主角，卻寫出我們這一家人種種趣事的書能順利出版。所以身為職業作家並且有編輯出版經驗的我就負責了統籌企劃的工作，其他全家的大人、小孩全都依照各人的專長分配了工作，能寫的寫，不能寫用說的，打字的打字，攝影的攝影，校對的校對，還有編輯、排版，甚至連親朋好友和鄰居的孩子們也都熱切的「拔刀相助」，因為我們每個人都喜歡薇薇，都喜歡她和貓的故事，更真心喜歡這個花蓮老家，而更重要的是到現在為止還從來沒有一本書是由一個家族全體成員共同完成的，而一個家族共同來做這麼一件非常有趣的事不也是非常有意義的嗎？如果說這本書想要證明什麼的話，那麼可以說是在證明只要願意，整個家族對任何事的同心協力都是輕易可以達成的。

關於薇薇和貓的故事細節會由其他人來說來寫，而我則必須把重點放在我們這一個家族的一些趣事上，至於要談起我們家則必須從我兒皮皮開始說起，他是我的獨生子，也是我們家族中的長孫，我的兒子叫做皮皮，現在已經國中一年級，從幼稚園大班開始，他就一直隨著我們住在台北市東區非常熱鬧的地段。

在每年寒暑假裡，我們常常帶他出國去旅遊，特別是一些適合親子旅遊的地點，但是，如果認真的問他全世界最好玩的地方在哪裡？他一定會毫無遲疑的說是「花蓮老家」。因此，直到現在，每年寒暑假時，早上休業式一結束，下午他已經搭飛機飛回花蓮去了，一直玩到開學註冊的前一天，他才不得不意猶未盡的回來，然後在拿到這學期的行事曆時，他最關心的就是這學期什麼時候結束？什麼時候要放寒假或暑假？還要多久又可以再回到花蓮老家去度假？

從小學開始，每逢寒暑假前或開學之後，他在同學之間談的最多的就是「花蓮老家」，尤其是每學期一開學，同學們又見面時，他的身邊一定會圍上不少的同學聽他大談假期中的種種鮮事、趣事，這對平時功課普通，其他表現也乏善可陳的他來說，大概是在同班同學之中最「臭屁」又不怕被「突臭」的時刻，甚至連一些假期中去了歐洲十幾國旅遊的同學，在他面前也顯然要相形失色不少，特別是那些從小在台北市「土生土長」的同學，人人都會打心底羨慕他每年寒暑假都有故鄉老家可以「回」。據我猜想；可能總有些同學回家之後會去問老爸老媽：我們為什麼沒有「老家」？

就像電視廣告裡說得一樣，別人家有鋼琴，我們家有電子琴，別人家有電腦，我們有頭腦，別人家有水果，如果我們家沒有也可以叫老爸扛著去超市買，但是如果別人有老家而我們沒有，那可就麻煩了，因為故鄉或老家是有再多錢也買不到的！

究竟老家有什麼樣的魔力可以讓我兒皮皮寧可不去日本或美國的迪士尼、不去澳洲的大堡礁，也要回花蓮老家去度假？而且從來無憂無愁的他最害怕的就是有時功課不好或不乖，老媽不准他寒暑假回花蓮時。當然他老媽其實只是嚇唬嚇唬他而已，即使皮皮自己也知道老媽絕不可能真的不准他回花蓮老家，不過這樣的嚇阻方式用在皮皮身上是一直很靈光的。

很難相信所謂的花蓮老家其實只是一個平凡的不得了的地方，房子普普通通甚至有些破舊髒亂，絕不是什麼附帶游泳池和大草坪的豪華大別墅，而且人一多就嫌吵嫌擠，每天三餐吃的也只是普通又普通的家常菜而已，絕不是什麼山珍海味，甚至連飯後甜點也沒有。

那麼，究竟這個所謂的花蓮老家有什麼特別的呢？

答案很簡單，幾乎所有的孩子們都可以在這裡找到「自由自在」。

大門外邊抬頭仰望隨便就是兩、三千公尺的青山，打開後門不到一百公尺就可以在太平洋湛藍的海水裡洗腳，廣闊的沙灘上可以盡情的奔跑打鬧，卵石

區不但隨時可以烤肉，更是孩子們的玩具寶庫；各色各樣大大小小的石頭可以蓋幻想中的城堡大廈，也可以先堆起一座尖塔，再比賽看看誰能先用石頭擊倒它？這裡的石頭不但不用花一毛錢去買，而且是取之不盡、用之不竭的，隨便你怎麼玩都可以，沒有任何人會囉哩八嗦的叫你要小心玩，不要把它弄壞了什麼的，也沒有任何人會跟你搶來搶去或者必須用猜拳的輪流玩，而且玩再久也不用擔心像打電動玩具一樣眼睛會變近視，最重要的是在這裡沒有任何人會警告你要小聲一點，你可以盡情的大聲喊叫，可以盡興的歡笑，把全身想玩想笑的細胞全部徹底的解放開來。

真的！大概全世界只有在這裡不會有任何人想要管你，也只有在這裡才可以真正的享受到自由自在；因此比起美國、日本那些最先進的兒童遊樂場，雖然各種設備佈置和聲光科技都是一流的，但是你必須買票、你必須排隊，也許排了一個多小時真正玩的時間不過幾分鐘而已，你可能必須遵守次序、必須小心翼翼的綁好安全帶，老爸老媽以及工作人員都會不厭其煩，卻不管你煩不煩的再三提醒你要注意安全免得受傷，你也可能必須在限定的時間裡既要急急忙忙的排隊又要盡可能的想多玩幾項遊樂設施，也可能老爸老媽覺得其中有幾種遊樂設備太危險了，而不准你玩，可是那又偏偏正是你最想玩的。然而他們准許或鼓勵你去玩的所謂比較安全的遊戲一定是最沒意思的，甚至根本沒有什麼人在玩的那些。

等你和老爸老媽爭了半天，大家都很不爽必定也很掃興，就算最後老爸老媽勉強同意你去玩了，這時要不是遊樂場已經到了結束時間就是領隊在吹哨子

叫大家集合準備離開了。更重要的是不論參加的是幾天的旅行團，真正在兒童遊樂場裡的時間頂多只有短短幾個小時而已，不管你是多麼的意猶未盡，不管你是多麼想再玩下去，等到領隊吹哨子時，你都得不甘不願的離開，而且下一次不知道什麼時候可以再來……

但是在花蓮老家的海邊就不一樣了，不用排隊，也沒有人限制時間，頂多是叔叔嬸嬸站在防波堤那兒叫大家回去吃飯，如果你覺得玩得還不夠盡興，沒關係；明天再來，後天再來，或者每天都來。

在花蓮老家平時總有十幾口人，到了假日或年節的時候，人更多，而且大部分是小朋友，除了自家人以外，還有親朋好友家來的小朋友，他們假日時的第一願望就是到「二叔叔家」玩，他們口中的「二叔叔」就是我說的花蓮老家。

「二叔叔家」是許多孩子們的快樂天堂，「二叔叔」絕對比似真似假的聖誕老人更受到孩子們的喜愛；為什麼呢？

除了胖嘟嘟的「二叔叔」經常會笑呵呵的帶著所有小朋友去釣魚、去游泳、去、放風箏抓蜻蜓之外，其中還有一個相當奇特的因素？這點就必須聽我慢慢道來了：

我們家真的是一個非常尋常非常普通的家庭，經濟上勉強稱得上小康而已，在上一代是標準嚴父慈母型的家庭，父親是軍人，沒有留下任何豐厚的遺產給

我們，但是他卻留給我們一個最重要的家訓，那就是「兄友弟恭、長幼有序」，我們這一代是四兄弟，沒有姊妹，四兄弟的感情非常好，從來不分彼此，就算現在排行老大的我和老么在台北工作，老二和老三住在花蓮，但是四個兄弟平時就算沒什麼事，一個星期中互相之間也會打上三、四次電話聯絡聯絡。

最熱鬧的要算過年了，雖然隨著時代的進步，年節的氣氛已經越來越淡薄，但是在我花蓮的老家，過年卻真的是熱鬧如昔，除夕前一天我和老么一定約好了一起返鄉，除夕的傍晚全家人先祭祖再吃團圓飯，緊接著自家的小朋友開始排隊等著一一發壓歲錢，然後所有親朋好友只要沾得上一點邊的大人、小孩們紛紛迫不及待的往我們家集中，有些小朋友是自己來的，也有爸媽專程開車送過來的，大家都是興高采烈的在等候著一年只有一次的機會，那就是放鞭炮；

這項傳統從我小時候就一直持續到現在，從來沒有中斷或改變過，我們四兄弟放鞭炮的玩興絕對不輸給下一代的孩子們，大人、小孩一起搶著放，真的是沒大沒小。由於後門就是大海，往海面上放一點也不用擔心會發生火災或者炸傷人，所以每年過年前早早就買好一整箱各色各樣大大小小的鞭炮在那兒等著，而孩子們總是耐不住性子的一天要打開箱子看上好幾回，心中無不是在盼望著除夕早一點到，早一點可以放鞭炮，而且在我們家；女生的膽子也不輸男生，放起鞭炮來是從不閉眼睛、摀耳朵的。

放完了鞭炮，接著就各玩各的，男人們拉開桌子打牌，女人們一起洗碗聊天，小孩子們也不再膩著大人，我們家的男人們是沒有任何大男人主義作風的，但是只有在每年過年這幾天，是可以當幾天飯來張口、茶來伸手的老太爺，因

為女人家們都知道，我們四兄弟個個會打牌，但是從來不在外面打，更不可能出去豪賭，一年到頭只有過年團聚時才會拉開桌子打牌，而且永遠只有我們四兄弟不會有外人。想想這些「苦命」的男人家們好歹總算辛苦了一整年，也著實應該盡興的消遣一番了，所以都會特別體諒通融，讓我們過幾天城開不夜、金吾不禁的好日子。通常還都是母親催著我們早一點開打，因為在牌桌上，我們四兄弟才算真正一年一度的聊天大會開始，母親最喜歡跟我們一起打牌，因為有很多需要做決定的家庭事務可以趁機在牌桌上一次討論與決定完畢，而這一年來個人所發生的芝麻綠豆小事也可以互相屁一屁。

但是別以為我們會只顧著聊天而忘了打牌，那可絕對是真槍實彈互不相讓的，而且打的是現金，不可以掰手指頭的，贏了幾把的意氣風發，哼著歌順便調侃一下輸家，甚至包括小時候的那一籮筐的糗事，輸上幾把的就嫌東嫌西或者十分賴皮起來，要不是死皮賴臉的非要吃牌不准別家碰牌就是拜託別家不要碰，或者是打到已經聽牌了才發現自己忘了補牌成了相公居然還可以臉不紅、氣不喘的補一張牌進來，當然每次都有人抗議，但是每次賴皮的人都會說：喂！喂！喂！別忘了去年（或者前年）你也一樣做過這樣的事，所以賴皮歸賴皮，抗議歸抗議，在我們家的麻將規則裡，究竟可不可以賴皮是看臉皮夠不夠厚而決定的，而且四兄弟都會一口咬定別人比較賴皮，或者笑別人沒有牌品。

老媽最喜歡我回家打牌，因為她最喜歡看我賴皮的本事，每次都會因為看我們四兄弟打牌賴皮而笑得前仰後合，她會陪我們打上一陣子，然後就讓我們四兄弟去廝殺，她呢則在一旁觀戰，或者在最輸的那家背後技術指導。

老媽是超級牌精，在愛打牌的親朋好友口中，老媽的絕技是可以一面打瞌睡一面自摸胡牌，所以牌技之高真的是到了出神入化的地步，而且我們四兄弟直到現在都搞不清楚她為什麼每一把牌都知道哪一家在聽什麼牌？就彷彿戴了透視眼鏡一樣？？？所以她要幫哪一家代打或者在背後技術指導，那一家鐵定會大贏，也所以哪一家輸慘的時候一定會大聲叫「媽！」

每年過年在牌桌上我們都會覺得實在應該感謝老媽，她居然不多不少剛好生了我們四兄弟，也剛好可以湊一桌麻將，要是少生一個那就三缺一了，要是多生一個若不是爭著上桌就是只好打五家輪流上陣，而且就算同樣生了四個，若是其中一個是女孩嫁出去了，也不可能過年時每天晚上回娘家打牌，所以真的是不多不少恰恰好。也所以最後我們三個老哥的矛頭一定會指向老么，總是異口同聲的對他說：只有過年打麻將的時候才會發現你不是多生的。

最近幾年大家胃口越來越大，嫌打麻將太費時太費力，所以開始改打十三支的羅宋或者乾脆改打梭哈，那打起來不但輸贏越來越大，賴皮的招式也就越來越精彩。

不過不論最後誰輸誰贏，在大家哈欠連天的結束時，贏的人都會把錢吐出來給輸家，因為我們四兄弟真的只是打著好玩，絕不是真正想贏錢，而且也真的只有每年過年四兄弟聚在一起時才打幾天牌，其他時候在外面都是認真工作，絕對不打牌的。就如同我們四兄弟個個會喝酒，酒量也都不錯，但是我們沒有一個會酗酒鬧事的。容或我們的老爸老媽都沒有什麼高深的學問，不過我們都

覺得父母卻教導了我們一種正確而適當的生活態度。

在報紙上常常看到兄弟鬩牆、骨肉相殘的事情，或者為了爭遺產而不惜反目成仇、對簿公堂，我們實在搞不懂他們「本是同根生，相煎何太急」？這算什麼兄弟呢？

甚至就在一些至親好友之中，我們也常常聽說兄弟姊妹不和的事，為了錢財爭多論少、斤斤計較，根本無視於兄弟姊妹之間如此難得的情份。更親眼目睹了許許多多的同胞兄弟即使未必失和，一旦各自結了婚之後平時就少有往來，不但兄弟姊妹之間不相聞問，連下一代的堂兄弟堂姊妹也是彷彿掛個名而已，一年到頭大概只有過年時回家短暫的吃頓年夜飯才知道互相的近況，即使住在同一個都市也一樣，說名義是至親的同胞兄弟，說關係卻和點頭之交差不多，一年到頭連通電話也不打，更別說常常在一起聊天吃飯了。這點是真正讓我們四兄弟常常百思不得其解的？所謂「天下無不是之父母，世間最難得者兄弟」，想想究竟需要多麼大的緣份才能出世為同一家人的兄弟姊妹呢？世間還有什麼比親情、友情、愛情更值得珍惜的呢？

可是為什麼放眼望去，別人家兄弟姊妹的關係都是如此這般的冷漠？而好像只有我們家的兄弟感情特別好？真是奇怪之至？我們真的常常在互相問這樣的問題，後來老么說了：你們想，會不會是我們家才是真的有點不正常？

於是，我們三個老哥在找不出理由K他一頓又找不出其他答案之餘也只好

一致同意他的推論。

如果答案果真如此，那麼在我們家的下一代，他們那些堂兄弟姊妹之間只怕更不正常了，因為他們之間的感情簡直比別人家親兄弟親姊妹的感情還要好，我們真的很高興下一代也像我們一樣的相親相愛不分彼此，所有兄弟、妯娌也都把姪子、姪女當成自己的親生兒女一樣的疼愛；所以每年寒暑假我們都可以把孩子放心的扔給他們的二叔叔和二嬸嬸，因為所有的孩子們也最喜歡「二叔叔的家」。

說到吃，在我們家是相當簡單的，不論是平時或年節絕對看不到什麼燕窩鮑魚、龍蝦魚翅之類的豪華大菜，因為一來是往昔家境不好，不可能有這種菜上桌，二來是我們家大大小小的對於海鮮類的食物都沒有特別的嗜好，何況這種多吃會膩的菜餚也不可能天天吃。其實由於人口多，任何太費工夫的餐館菜都不會出現在我們家的，老媽最拿手的卻是百吃不膩的家常菜。

由於我和老么長年在台北工作，除了應酬飯局，平時懶得燒飯時也常常按圖索驥的在大街小巷之中去品嚐各種不同的美味，但是，如果要問我哪一種菜最好吃，到現在我還是覺得老媽燒的菜最好吃。因為裡面有著媽媽的味道。就算問我兒皮皮或者家中其他的孩子們，他們也一定舉雙手說是「奶奶煮的菜菜」最好吃。

如果要問我兒皮皮：那麼天下第二好吃的菜是什麼?他一定會答說是「爸

爸煮的」。

其實我們家的男人們個個都會煮飯燒菜，技術呢則是照排行往下遞減，我以前曾經在國外開過餐館當過大廚，不論餐館菜或者家常菜都燒得不錯，甚至比老媽還要專業，但是不論我如何的想要模仿老媽燒出來的菜，老婆、兒子吃完之後表情上總是有些遲疑，永遠就是差這麼一點。認真的追問下去他們卻又說不出究竟差了哪一點？其實不要說他們，連我自己也覺得在味道上永遠就是差那麼一點點。

但是，後來我終於發現了老媽的祕方，原來她在每一盤菜裡都加進了一種非常非常特殊的調味料，而且那是一種花再多錢也買不到的獨家祕方。

你知道那是什麼嗎？

那就是「媽媽的愛心」！

從我們小時候，即使只是煎幾個荷包蛋，她也是加進了所有的愛心。而不論其他任何一種菜，她總是希望我們盡量多吃，吃得越多她越高興，雖然她自己一向對正餐興趣缺缺，只喜歡吃零食點心，但是她卻真的喜歡看我們一個個吃得圓滾滾的，老媽不吃牛肉，但是她知道我們喜歡吃，所以她燒的紅燒牛肉真的是天下美味，到現在每年過年我們四兄弟牌打到半夜時，她就會高高興興的去烙蛋餅、肉餅給我們吃，這時肚子正餓，又沒有孩子們在一旁，我們才不管自己都三、四十歲的人了，照樣搶得一團亂，只有在這個時候，老媽和我們

都會覺得我們似乎又回返到童年時代去了。

等孫子們一個接一個的爬上飯桌之後，雖然所有媳婦、兒子都能下廚，但是已經七十多歲的老媽還是堅持自己動手燒菜給兒子、孫子們吃。

我總不可能對兒子沒有「爸爸的愛心」吧？但是我卻不得不承認自己永遠比不上老媽，這種花錢也買不到的調味祕方，她是不計成本的拼命往每一盤菜裡加的，而這種味道不只是自家的孩子們嚐得出來，連一些長期在我們家玩耍的親朋好友的孩子們也嚐得出來。

在我們家每到吃飯時間永遠是熱鬧非凡，大大小小的總要坐上兩大桌，而且耳中聽到的都是「好好吃哦！」、「我還要！」我們家是絕沒有「客套」這兩個字的，想吃什麼就吃什麼，愛吃多少就吃多少，直到吃不下為止，所以不論大人、小孩一個個都是吃得心滿意足。連一些親朋好友的孩子們也特別喜歡在我們家吃飯，而且我們家的大人、小孩都絕不見外，至於這些孩子們一旦坐上我們家的飯桌，那也同樣不客套，甚至比在自己家還要自在，何況人多熱鬧，所有孩子們都比平常在自己家裡吃得多、吃得快，根本用不著大人操心。老媽說得最有趣：「一隻豬是絕對養不肥的！」

是的！如果只養一隻豬，牠高興什麼時候吃都可以，反正不會有其他豬來搶食，結果愛吃不吃的絕對養不肥。但是只要養上一群豬，食物一來，不搶就沒得吃時，一隻隻無不爭先恐後奮勇向前，結果必定是吃得又多又快，一隻比

一隻肥。

在我們家飯菜永遠有剩也絕不會不夠吃，孩子們也不會惡行惡狀的搶菜吃，但是在這種溫馨熱鬧的氣氛中，所有的孩子們都是吃得既飽足又快樂，對每一盤菜的反應都是「好好吃哦！」或者「我最喜歡吃奶奶煮的菜！」

我們家沒有什麼稀奇的不得了的昂貴玩具，地方也不大，但是到了寒暑假卻是每天都擠滿了自家和別人家的孩子，真的是只要沾上一點親朋好友邊的孩子們，個個都喜歡到「二叔叔家」玩，二弟夫婦對自己很摳門，對孩子們卻是非常大方，而且一視同仁，二弟的工作時間不長，所以每天都有很多時間帶著孩子們去釣魚、游泳、烤肉或者只是到野外和海邊走走，即使只是待在家裡，男孩們一起打打電動玩具或在海邊追追打打，女孩們靜靜的看看卡通，畫畫圖，說說悄悄話，更或者男孩、女孩一塊兒樓上樓下玩玩捉迷藏，一樣是歡天喜地玩得不亦樂乎甚至欲罷不能。

到了寒暑假「二叔叔家」就成了親朋好友的托兒中心，每天一大早，就有許多家的孩子在看著鐘迫不及待的等著被爸媽開車送到這裡來，而到了晚上爸媽來接孩子回去時，總會聽到同樣的一句話：「這麼早就要回去喲？」

有時「你不乖的話明天不准你去二叔叔家玩」就成了許多家庭對孩子們最有效的嚇阻武器，因為那比打他們一頓還要可怕，我兒皮皮就是這樣，如果犯了錯，讓他選擇打一頓還是不准到二叔叔家去玩，他是毫不考慮的會選擇前者的，當然我們是不會真的揍他啦，只不過是嚇唬嚇唬他罷了。

我們家有一個很奇怪的現象：從小老爸對我們四兄弟管教得很嚴，我們常常會被揍，可是我們四兄弟卻是一個比一個皮，但是等自己成家有了孩子之後，我們已經做老爸的三兄弟卻從來不著動手打孩子，像我兒皮皮，從出生到現在我就從來沒有揍過他，即使他因為偷偷的向同學借遊戲的電腦磁片回來拷貝，結果使電腦感染了超級病毒，害我辛辛苦苦花了一年多建立的文件資料全部死當，雖然我真的是氣得快發瘋抓狂，雖然他真的很欠揍，但是我還是沒有揍他，只是等心平氣和了告誡他下次絕不可以再隨便拷貝別人來路不明的磁片而已。

不過，除了老媽以外，我們家的女人們卻是會揍孩子的，但是這種情形也很少，因為自家的孩子們除了有些調皮，基本上還算蠻乖的，因為我們唯一的家規就是可以「皮」不可以「壞」，因為我們自己這一代就是一個比一個「皮」，但是長大之後也都相當安分守己，而這種氣氛也使得所有來家裡玩的別家孩子們一樣懂得那樣的分際，所以就算皮得天翻地覆也絕不會挨罵。也所以我們的花蓮老家，也是孩子們口中「奶奶家」或者「二叔叔家」，儘管不大，儘管有一些些髒亂，儘管沒有很多的玩具，儘管飯菜是如此平常，但是卻真的是孩子們的快樂天堂。

我因為工作的關係兩手空空的來到台北打天下，到現在十幾年了，終於擁有了一幢不錯的房子和不錯的收入，而且未來的遠景也蠻看好的，但是，對於台北所有認識與不認識的朋友，我都必須深切的說聲抱歉；因為與我的花蓮老

家相比，我實在無法喜歡台北，也許我本來就是鄉下人吧！即使將近人生四分之一的時光是在台北度過，但是我仍然無法喜歡這裡，從來到台北的第一天開始，直到如今我都絲毫沒有改變的念頭就是「何時歸去？」我日日夜夜所期望的就是不知何時才能回到我土生土長的大海邊，和所有家人住在一起？

真的！我衷心的認為「有個老家真好！」

【目錄】

第一章 鬧鐘咪咪和大胖鴿

鬧鐘咪咪和大胖鴿

薇薇

我養了好多隻貓，每隻我都喜歡，像我最喜歡的「薇子咪」、恬恬最喜歡的「恬子咪」、康康最喜歡的「康康咪」、喜歡裝酷的「酷哥」、美麗溫柔的「小雯」、身強體壯的「洛基」和「阿諾」、瘦皮猴一樣的「艾莉」、刁鑽機靈的「悟空」還有「小白」、「安迪」、「咪咪」、「黑皮」……等等。牠們每一隻都是我的寶貝，叫我寫哪一隻好呢？何況每一隻都有不同的身世和故事，我實在

無法一一寫出來？後來大阿伯說我高興寫什麼就寫什麼，高興寫多少就寫多少，所以我想來想去，就是不知道該怎麼下筆？總覺得比我畫漫畫要難上一千倍一萬倍，因為二十幾隻貓的故事實在太多了，我怎能一一寫完呢？所以我只能從我養的第一隻貓寫起。

說「咪咪」是我養的第一隻貓，那是不對的，因為據媽媽說我不到三歲的時候就喜歡跟我們家後面鐵路邊的野貓一起玩，會拿東西餵咪咪貓吃，但是那時爺爺還在，他最討厭有人在家裡養貓養狗，那時爺爺身體還很好，所以每天都會去後面趕走那一群一群的野貓。

雖然我那時一直吵著要養貓，可是我們大家都很怕爺爺，所以爸媽都不肯讓我養，我只能偷偷的跑到後面去和貓玩，有時也會偷偷的拿食物去餵牠們，那時候我就很喜歡很喜歡貓咪了，而那些貓咪也跟我很要好，每次看到我去海邊，就會跟我一起玩，或是咪嗚咪嗚的叫著跟我要東西吃，我覺得那些沒有人養的貓咪實在好可憐，每天都要餓肚子，每一隻都好瘦好瘦，尤其是母貓生了小貓之後，牠都要拼命去找食物回來餵小貓，而寧可自己餓得半死也無所謂，每次看到牠們這麼可憐的情形我就忍不住的掉眼淚想哭，雖然，我都會想辦法去拿一些剩飯剩菜餵給牠們吃，可是貓咪實在太多也太餓了，那一點點的剩飯剩菜根本不夠吃，牠們吃完之後總是又咪呀咪的對著我叫，好像是在說：好心的薇薇！還有沒有？我們還沒有吃飽呢！

可是，我那麼小又有什麼辦法呢？我經常都是不讓家裡任何人知道，偷偷

的拿剩飯剩菜去餵牠們，每一次都只敢偷拿一點點，因為拿太多就會被發現，雖然爸爸媽媽不會打我，可是我很怕爺爺知道了就會叫爸媽以後不准我一個人去後面玩，這樣我就不能跟那些可憐又可愛的咪咪貓玩，也不能再拿東西餵牠們了。

我一直覺得好奇怪？為什麼不能餵貓呢？牠們只是吃一點我們吃不完打算倒掉不要的剩飯剩菜呀？為什麼大家都不肯餵牠們呢？那些咪咪貓這麼可憐，不但每天都沒有東西吃而餓得好瘦好瘦，牠們也沒有地方住，下雨天的時候只能躲到漂流木堆裡去躲雨，可是還是會被雨淋濕，真的好可憐，如果是冬天的時候，海邊的風這麼大，天氣這麼冷，我們人躲在家裡都還覺得很冷，牠們在寒冷的海邊不是更冷嗎？會不會被凍死呢？每次想到這裡我就會覺得很難過，

我真的好希望快點長大，如果我能自己賺錢的時候，我一定要蓋一間很大很大的房子，讓所有沒有人要的咪咪貓都有地方住，都有足夠的食物吃，不會再到處流浪找不到地方住，找不到東西吃。我記得後來上幼稚園的時候我就用蠟筆畫了一幢房子叫做貓咪的幸福之家，那就是我長大以後的願望。

後來我偷偷餵貓的事終於還是被爺爺發現了，我被爺爺狠狠的罵了一頓，而且害得連爸媽也被爺爺罵，雖然我真的很怕爺爺，可是我實在不忍心看到那些可愛又可憐的貓咪們挨餓，所以還是會偷偷的拿東西去餵貓，尤其是剛生了小貓的時候，每次都會先把食物銜回去餵給小貓吃，有的時候小貓太小，還不會吃東西，母貓才會自己吃，然後再餵小貓吃奶，這時母貓都會很友善很親熱的對著我輕輕的咪咪叫，雖然我聽不懂牠們的話，可是我懂得牠們的意思，牠

們是在跟我說謝謝！不過那樣反而使我很過意不去，因為那又不是什麼很好很貴的食物，只不過是一些吃剩的魚頭魚骨或者其他的剩飯剩菜而已，如果牠們能聽得懂我說的話，我真想告訴牠們以後我長大了一定會買好多好吃的食物給牠們吃，而且後來我真的常常跟牠們說話，牠們好像有點聽得懂哩？只是我怕別人會笑我，所以都不敢跟別人說。

到了我二年級的時候，有一天在二樓做功課的時候，突然從窗戶外面跳進來一隻小貓，那是一隻我以前從來沒有見過的貓，牠蹲在沙發那邊一直對著我咪咪咪咪的叫著，實在很可愛，那時弟弟康康也剛好上樓來了，我叫他先不要跟別人說，雖然我很怕被爺爺和爸爸媽媽發現，但是牠實在太可愛了，我和康康都捨不得把牠趕走，雖然康康比我還害怕，可是最後還是答應為我守住這個

祕密，於是我就偷偷的把牠養在二樓，並且因為牠每次看到我和康康就會咪咪的叫，所以就把牠取名叫做「咪咪」。

雖然還是偷偷的在養，但是這卻是我真的第一隻正式餵養在家裡的貓，我和康康每天都會偷偷的拿食物上來二樓餵牠，雖然這樣，不過對於後面海邊的那些貓，我還是常常會去餵。

「咪咪」是一隻非常非常聰明的貓，牠當然知道我們家是不准養貓的，所以牠都是晚上才回來，而且都不從前門、後門進出，而是直接從後面廚房那邊的牆壁爬上來，再經過屋頂從二樓陽台的窗戶那裡跳進來，白天再從窗戶跳出去自己到外面去玩，所以我們全家除了我和康康沒有任何人知道這個祕密，爺

爺不知道，爸爸媽媽也不知道。

有一件事情我一直覺得很奇怪？「咪咪」好像能夠知道準確的時間，牠每天都會準時在五點半的時候到房間門口來叫我起床，並且吵著要我泡牛奶給牠吃，真的是非常準時，每天都一樣，從沒有例外，牠簡直就像是一個活的鬧鐘一樣，所以後來我和康康就把牠改名叫「鬧鐘咪咪」了。可是直到現在我和康康都不知道「鬧鐘咪咪」是怎麼知道準確的時間的？但是也因為「鬧鐘咪咪」每天都這麼早叫我起床，所以我每天都睡得很少，爸媽和爺爺奶奶他們老是覺得奇怪我為什麼吃不胖？他們都不知道那是因為我每天都睡得太少的緣故。

我一直覺得爺爺比較喜歡康康，他再怎麼皮爺爺都不會罵他，可是我卻動不動就會被爺爺罵，而且康康要什麼玩具，爺爺都肯買給他，除了玩具，其他的也一樣，像他要養鳥，爺爺就買了好幾隻鳥給他養，康康要養小白鼠，爺爺就買了兩隻給他養，後來他又說要養鴿子，爺爺馬上帶他去買了一對鴿子回來養，可是我只不過想養一隻貓而已，就害怕被爺爺知道，真不公平。

康康把兩隻鴿子養在一個小小的鳥籠裡，後來其中一隻死了，只剩一隻還是養在那個籠子裡，可能是從來不運動，吃得又太營養，後來竟然肥得像一隻母雞一樣，每個到我們家來的人，看到這隻鴿子都會笑得肚子痛，因為從沒有人見過這麼肥胖不堪的鴿子。康康從小天不怕、地不怕，卻最怕大伯母，平時他是家裡的小霸王，只要有他在家裡一定是鬧翻了天，反正有爺爺撐腰，他誰也不怕，可是只要大伯母從台北回來，康康不是趁早躲起來就是乖得像老鼠見

到了貓，連眼睛都不敢看大伯母一下，可是大伯母卻又最喜歡跟康康開玩笑，每次回來看到康康那隻大胖鴿就會說要把牠殺了煮來吃，康康每次都會以為大伯母是認真的，心裡雖然不高興但是也不敢怎樣，每次只敢低聲的說：「妳又來了！」

終於有一天，在爸媽苦口婆心的勸說之下，康康總算慈悲心大發，同意要把這隻超級大胖鴿放生讓牠恢復自由，可是，打開籠子把牠放出來之後，卻因為太胖太重根本飛不起來了，真的是只能像一隻母雞一樣的到處跑，而且牠好像也不知道該去哪裡？加上爸媽怕牠既然不能飛又跑不快，如果放出去一定很快就會被人家抓去煮來吃或者不小心放汽車撞死掉，所以只好又繼續養下去。

可是也因為牠已經不會飛了，所以康康就很放心的常常放牠出來散散步，後來有一天夜裡，牠在散步的時候碰上了一隻叫「小胖」的貓兒闖進來，結果只聽到「咕——」的一聲，等到我和康康覺得不對勁跑過去看的時候，只看到一地的羽毛和正躺在羽毛堆裡打著飽嗝的「小胖」，沒想到「小胖」竟然吃了「大胖」，康康的傷心自然是不用說了，從此以後，康康就隔外的痛恨這隻貓，沒事就拿水槍射這隻貓，每每射得牠到處躲。

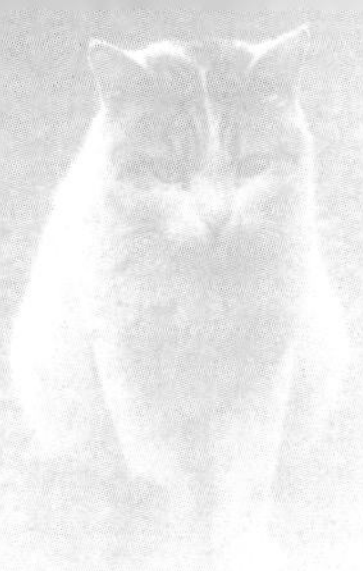

第一章

鬧鐘咪咪和大胖鴿

第二章 我的女兒——薇薇

我的女兒—薇薇

媽媽

我的女兒薇薇，小時候跟別人家的小女孩一樣；喜歡唱歌、畫圖和養小鳥、小白鼠、小白兔等等的小動物，尤其是貓咪們喵喵的聲音特別的吸引她，總覺得這些小動物能帶給她快樂，我和家人也只好忍著那吵雜的叫聲，讓她養著，但是卻也要付起一大半餵養的責任。

剛上幼稚園的時候，才一開學，她就逃學了；她利用小朋友吃點心的時間收拾起小書包，手提著點心拔腿就開溜了，也不理會園長和修女老師尖銳的哨子聲，她頭也不回的奔回家裡。才一踏入家門就往屋後去……

這時，老師來了電話通知，我和家人也弄不清楚到底發生什麼事？為什麼開學第一天她就逃學了？我趕緊到屋後去看看；只見薇薇和貓咪們正你一口我一口的在享用著她從幼稚園裡帶回來的可口點心，這下子我才終於明白，原來她是領到了點心捨不得自己一個人吃，所以不惜逃學把點心拿回來和貓咪們一起分享。

說到這幼稚園就敢為了貓而拒絕上課的小女孩，曾經因為一再的逃學回家和貓玩，而有被三位老師合力抬上二樓的教室或被老師架進教室架著上課的紀錄，但是雖然就這樣被老師盯住了，但是只要一不留神又被她給逃掉了，弄得園中所有老師對她都非常頭痛，為了不讓她再逃學，我只好每天早上放下手邊的家事去陪她上學，而且為了怕她隨時會開溜，我竟然被迫要和老師們一起站在講台上做早操，這樣才能盯住她的一舉一動，而且這樣還不夠，還要叫弟弟康康抱著她一、兩隻心愛的貓咪站在她隨時看得到的地方，這樣她才肯乖乖的待在幼稚園裡上課，可是總不能天天這樣下去啊？後來她爸爸休假的時候，就由老爸抱著貓咪陪著她一起去上學，這下她才心滿意足。她老爸小時候也讀過這一所幼稚園，可是沒有畢業就中途輟學了，老園長還記得他，常常笑他是回來重新補課的，連薇薇知道了也常常笑他。可是，我只聽過有人因為養鴿子會成迷成癡，卻從沒有聽說過養貓也可以癡迷到這種地步的，難道是她前世就和

貓咪有著什麼不解的因緣嗎？

有一次的某個星期天，全家正要吃午飯的時候，竟然發現薇薇、康康和那些平時在後門那邊咪咪喵喵吵著要東西吃的貓咪們竟然集體失蹤了？那一陣子報紙、電視正在報導有專門拐騙小孩的集團，全家那還顧得了吃飯，統統出動分頭去找這一對姊弟……

這時我是急得淚流滿面，她爺爺又在那裡罵人，我一時也失去了主張，不知道該不該去報警，全家足足亂了半個多小時，才聽到薇薇的爸爸大叫著：找到了！找到了！

回來之後挨罵、挨打是免不了的，但是看著這對姊弟一臉無辜的表情又真的是十分不忍，事後問她，她卻含著眼淚天真的說：我只是想出去一下下，那些咪咪貓說要帶我和康康去探險嘛！

探險?去哪邊探險?而且還一口咬定是貓咪說的，如果她不是我的女兒，我一定會以為她腦袋是不是有問題了?可是女兒卻又說：媽媽!我們真的玩得好快樂，所以才忘了回來吃飯，下次我帶妳一起去好不好?為了實地瞭解她究竟去了什麼地方?會不會有危險性?我只好陪孩子們去了一趟；原來是海邊那一大片的水泥消波塊之中，消波塊就是用水泥灌模塑造的結構物，是用來抵擋海浪的裝置，像粽子一樣造型的龐大消波塊，每塊都足足有一個人高，亂七八糟的堆在一起有如大型的積木，裡面凹凹凸凸的空隙又彷彿是好玩的迷宮一樣，

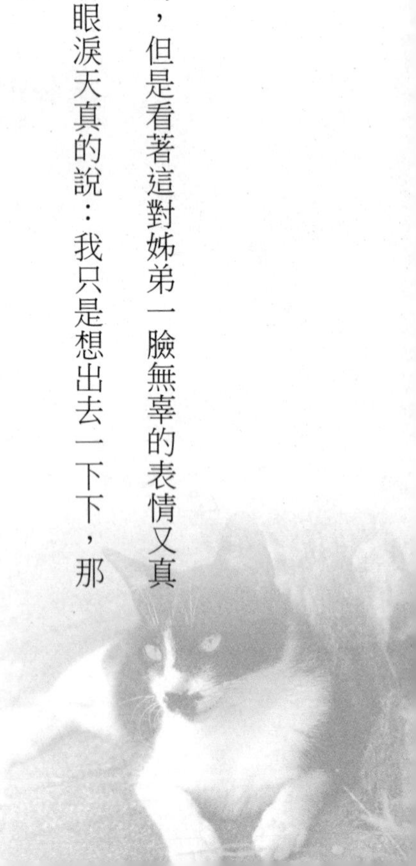

難怪薇薇會說是去探險了，而這時我才發現原來這裡面別有一番天地，也是貓咪們的神祕宮殿，裡面住了比我想像還要更多更多的野貓，可是為什麼貓咪會主動的帶薇薇他們兩姊弟來到他們的神祕宮殿之中呢？難道薇薇真的能聽得懂貓咪的意思？

唉！大概是我在胡思亂想了！但是這樣一個神祕有趣的天地，真的是一個和貓咪們玩「躲貓貓」的好去處，如果我還是小女孩的時代，有這樣的地方，我可能也會像薇薇他們一樣玩到忘了回家吃飯了。

薇薇二年級的時候，和康康從後面撿回了一隻才剛剛出生的小貓，偷偷的養在樓上，因為她爺爺是不准任何人在家裡面養貓、養狗的，薇薇當然知道想要爺爺點頭答應是絕不可能的，可是如果不收養這隻沒有母貓照顧的小貓，不用兩天牠就會死了，雖然我很為難，可是卻也絕不能從小就教導孩子做一個狠心腸的人，何況我這女兒又是一個特別愛貓的女孩，要她扔了這隻貓簡直比割她的肉還要痛。所以也只好偷偷幫著女兒掩護這隻可憐的小貓了。

由於牠實在太小太小了，大概只比一個雞蛋大不了多少，根本還不會吃任何東西，看牠餓得奄奄一息，女兒就要我去沖牛奶給牠喝，可是牠真的太小了，連裝在盤子裡的牛奶也不會喝，不但弄得一身都是牛奶還差一點淹死在牛奶裡，只好趕緊叫老爸上街去買奶瓶和奶嘴，可是一試之下；還是不行，因為奶嘴太大了，牠根本吸不動，換上軟吸管也不行，最後只好由薇薇將牠抱在懷裡用小湯匙一匙一匙的餵著吃，才八歲不到；平常所有事情都還需要我們大人照顧的

薇薇這時卻好像成了這隻小貓咪的母親一樣，而這隻小貓咪就是這樣一天天的被薇薇餵大的。

為了不讓爺爺發現，常常要偷偷的在浴室裡幫牠洗澡，再用吹風機快快的把毛吹乾了，然後用毛巾包起來，趁爺爺不注意就抱著跑回二樓，平時如果爺爺一上樓，貓就被放在薇薇書桌下的紙箱子裡，爺爺一下樓，貓咪就上桌陪她一起畫圖做功課，我覺得這隻被薇薇取名叫「小咪」的貓真的很有靈性，牠非常瞭解自己的身分和處境，只要爺爺上樓來，牠躲在紙箱裡時絕對是安安靜靜一點聲音都沒有，可是爺爺一走，牠被抱上書桌之後，就會很親熱很活潑的對著薇薇叫個不停。

「小咪」的眼睛是綠色的，那是一種很漂亮又很神祕的綠色，連畫都畫不出來，背部是白色的，左右各有一個圓形的斑紋記號，毛色又白又長又亮，這全是薇薇每天細心照顧出來的成果。

小孩子長大了要斷奶，小咪長大了應該也要斷奶吧？我們平常都會要女兒、兒子多喝牛奶來補充營養，她雖然喝是喝了，但是好像「咪咪」（小咪長大就改叫咪咪了）喝得更多，而且不只如此，屋後的野貓越來越多，竟然連牠們也喝起牛奶來了。全都是薇薇偷偷沖給牠們喝的，難怪我們家的奶粉沒兩、三天就見底了，我忍不住對女兒大叫：這樣下去會把我們家吃窮的！我看乾脆去買一頭乳牛回來好了？

誰知道女兒卻安慰我說：不會那麼嚴重啦！我們家到現在還沒有窮嘛？如果真的很窮很窮了，我就帶著所有的咪咪貓上街去乞討吧？

哇！我真的是又氣又好笑得說不出話來。

薇薇以前幾乎從不進廚房，有一天突然說她想學煎蛋，一時之間我沒想到這裡面的文章？就很高興的教她，誰知道第一個蛋她是像開飛機丟炸彈一樣從半天高往滾燙的油鍋裡扔，哎呀！熱油濺得到處都是，如果不是我拉著她快快躲開，我們兩人一定都要被燙傷了。

這顆蛋當然是被煎得醜不拉嘰的，薇薇縐著眉頭看了半天，突然又說：嗯！

我想如果再加上鮪魚罐頭拌一拌可能會比較好吃吧？那我先請貓咪們吃吃看就知道了。

哦——這時我才完全明白她的「計謀」！

從此，我們家不但鬧奶粉荒不說，還要鬧蛋荒，大概最後就真的要鬧饑荒了。

我們家只要有好吃的，薇薇是從不吝惜的拿去給貓咪吃，有不穿的衣服，到了她的手上馬上針線、剪刀出籠，然後就變成了貓咪們的小衣服和小被子。

薇薇愛貓可以愛到這種地步真的是我們始料未及的，但是全家人卻是從一開始

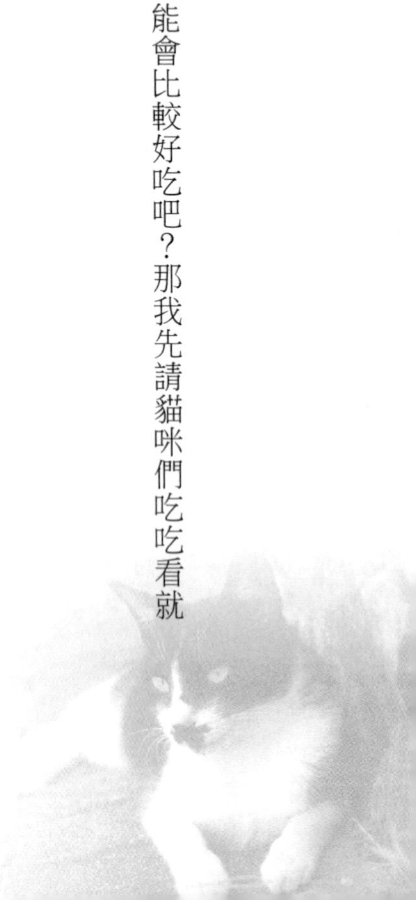

的反對或不太贊成到後來被她的愛心感染了，也就共同照顧起屋前屋後那些流浪的野貓來，但是可也從沒有想過後來會有那麼多的貓，連每天張羅貓食都會讓人頭痛。

先是注重營養的薇薇常常會在冰箱上留字條說：「媽媽！買魚的時候記得要買新鮮的魚，咪咪貓才喜歡吃。」於是我這老媽上市場時只好照辦。其實薇薇那愛釣魚的老爸也常常拿著釣竿四處去釣新鮮的魚回來應付眾貓咪，但是冬天時魚兒紛紛冬眠不肯吃餌，很難釣到魚，而貓兒們才不管這些，反正沒魚就是不行，那天的叫聲一定特別刺耳。

那隻「咪咪」可以說從未出過遠門，只在每天早上的十一點半會準時的跑到鐵道邊去玩一玩，大概半小時之後叫牠一聲「小咪」或「咪咪」！牠就會立刻跑回來，除非下雨天，否則從不例外，但是就在薇薇剛升上三年級的某天早上，牠也是同樣準時在十一點半的時候跑出去玩，可是半個小時之後怎麼叫牠也沒回來，而且從此就不見了，女兒放學回來沒見到「咪咪」知道牠不見了，哭了好幾天，那一陣子只要爸爸一出門，她一定要爸爸帶她到處去找「咪咪」，連假日上市場或走過任何大街小巷、任何她看得見的角落都絕不肯放過，一直希望「咪咪」會突然出現在她的眼前，她甚至還寫過這樣一封信：

「咪咪！你到哪裡去了？我每天都在想念你，如果你收到這封信看不懂的話，要告訴你現在的主人，請他唸這封信給你聽，也請他帶你回來……」

可是直到如今，她日夜盼望的「咪咪」卻再也沒有回來，但是這段深刻的記憶和曾經擁有過的快樂時光卻是她到現在還難以忘懷。

現在的薇薇把她原先對「咪咪」的愛全部散佈到每一隻長期在我們家進出的貓咪身上，這些貓咪們每天都和薇薇一起期待著下午的四點半，因為那是她放學之後回到家的時間，這也是薇薇、康康和貓咪們一天之中最快樂的一個半小時遊戲時間，直到六點鐘吃晚飯。

那些睡飽、吃飽了的貓咪，全都圍在女兒身邊，女兒會熟練的摸摸牠們的頭，看看牠們的鼻子，就像個小護士一樣，她會說：鼻頭濕濕的表示健康。

有時我看到有些貓咪自己會去找草吃，就問女兒？她說：貓咪的舌頭像把梳子，常常在梳理自己的毛時難免會把一些毛吞到肚子裡去，所以牠就要吃一些草來和肚子裡的毛混合，這樣毛和草就會一起排出體外，才不會肚子痛。她並且指著正在洗臉的貓兒說：牠們吃飽了才會洗臉、洗腳，如果還沒有吃飯之前就洗臉、洗腳，隔天一定會下雨，而且是每次都靈驗。

有次放假時，人和貓咪們都吃飽了沒事幹，薇薇就叫弟弟和貓咪們一起來玩「刷刷刷」的遊戲；薇薇找來爸爸新買的油漆刷，站在剛釘好的紗窗前面，薇薇拿起刷子往右刷，貓咪的頭就隨著往右擺，眼睛一直盯著那把刷子，往左刷，貓咪就往左擺頭，薇薇刷得越快，貓咪的頭也擺得越快，起先只是一、兩隻，可是這種稀奇的玩法卻越來越吸引了更多的貓咪，不一會兒工夫，已經聚集了

十幾隻貓咪，薇薇是左刷右刷、上刷下刷，那些貓咪們則是全部隨著把頭左擺右擺、上擺下擺而且越看越高興，動作也越來越整齊，好像在接受軍事訓練的小阿兵哥。貓氣旺，人也刷得越起勁，全家人都看得紛紛拍手叫好，接著換康康刷，貓咪們還是一樣捧場，不一會兒康康嚷著說：媽！換妳了，我刷得手好痠哦，又沒有賣門票？可是薇薇卻說如果不是這些貓咪觀眾熱情捧場，誰那麼無聊要看你刷紗窗？正說著；咚的一聲，整個紗窗都掉下來了，爸爸正好進門，聽到笑聲又看到他花了好一番工夫才釘好的紗窗掉在地上，聳聳肩說：好戲該散場了吧？於是人和貓咪們就這樣各自散了。

寵物和畫畫在女兒的心裡都是一樣重要的，她每天都離不開紙、筆和貓咪，記得她是從兩歲多時先從喜愛的蝴蝶和魚開始畫起，並且在畫螞蟻時不但自己

會替螞蟻編故事，還很注意螞蟻到底有幾隻腳。漸漸的養鳥就畫鳥，養小白兔畫小白兔，也偶爾畫畫貓咪，但是直到五年級才很專心的畫她最喜愛的咪咪貓們。

家裡的貓雖然越來越多，但是任何人如果想要隻貓回去，薇薇都是一口回絕，因為從小開始每隻貓咪都有太多太多的回憶在她心裡，把任何一隻送人她也捨不得，這點從她畫的咪咪貓的漫畫就可看出，她不停的用畫筆在描繪出自己和所有貓咪們的故事。

薇薇常說她上輩子就和貓咪是好朋友，她只要看貓咪的眼睛或者聽牠們咪嗚咪嗚的叫聲就知道牠在告訴妳什麼？

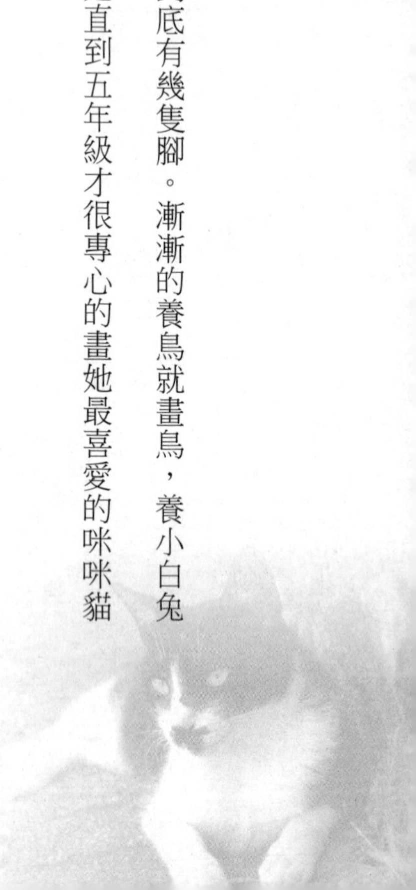

我覺得這一點也不神祕，因為像薇薇這樣的喜愛貓咪成癡，那是她和貓咪們朝夕相處之後就會有的一種「心有靈犀」吧？

第三章

天才奶奶女王貓——大伯母

天才奶奶女王貓

大伯母

一想到我們老家那些無法無天的貓咪，我何止是討厭？簡直懼怕！

想想看；面對一大桌豐盛的佳餚，大夥正吃得興高采烈，桌子底下不知何時竄來了一隻貓兒，嘴裡竟然叼著一隻血淋淋半死不活的老鼠，奇怪的是大家都若無其事的照吃不誤，全家只有我慘叫連連，而且更奇怪的是；大家對於桌

子底下正在發生的慘案處變不驚，反倒是對我的慘叫感到十分好奇和有趣，不論是大人、小孩都是匆匆的往桌下低頭一瞥，又繼續去大嚼雞鴨魚肉，絲毫不影響胃口，而對於我的慘叫則是一個個嘴角都帶著有些忍俊不住的神祕微笑，幸好我這長嫂的地位多少還受到尊重，而且至少我也相信我自己的老公絕不會故意嚇我，否則我真會以為這是事先安排好的黑色鬧劇呢！

男人們不怕這些那是天經地義的，但是我們家的孩子們和其他女人家也居然能安之若素，那才真的是令人難以置信。最氣人的是大家甚至認為那是貓兒們特地把老鼠叼來表功，所以口氣上居然充滿了讚許，只差沒請這隻貓兒上座和全家一起吃年夜飯呢？

不過從此我就規定那些孩子們，只要我回到花蓮老家，家中就不准有貓咪進出。結果卻累了那些孩子們；只要有我這大伯母在，他們就得急急忙忙的把貓咪一隻隻的趕出去，否則就得忍受我這大伯母不時的尖叫。

如果你以為家裡養個一、兩隻貓很平常嘛！有什麼好大驚小怪的？那你就有所不知了；我們花蓮老家養的貓不是一、兩隻而是二十多隻，全是我那才小學六年級的小姪女薇薇養的，當然別誤會我們家是在開狗莊貓店，其實都不是，她養的全是流浪的野貓，平常我對貓是遠遠就避開了，所以根本不可能去計算她究竟養了多少隻？據孩子們說最多的時候有二十五隻左右，不過平常時候家中前後總有個十幾二十隻在進進出出那可是一點都不假的。

薇薇不只愛貓，更是寵貓寵得不像話，平常那些貓兒們餐餐魚肉不缺，一隻隻養得毛色光鮮，肥胖慵懶，哪裡還像流浪的野貓？

記得有一天；也是過年期間吧？貓咪們的菜色原本就要比平常豐盛，薇薇卻拿了幾顆蛋跑進廚房裡來，原先我以為是他們孩子們想吃煎荷包蛋當點心，所以還跟她說大伯母煎的荷包蛋又漂亮又好吃，等手邊這道菜炒好了就煎給你們吃。

誰知道薇薇卻有些扭捏地說：不是我們要吃的，是要煎給咪咪貓吃的啦！

哇！這還得了？一大家子十幾張嘴要吃的兩大桌菜已經煮得我七竅生煙都

還沒折騰完呢！居然還要專程煎荷包蛋去餵貓兒們，嘖！這些貓兒們以為自己是誰呀？難道是英國女王的寵貓啊？

所以只要有我這大伯母在家，可是門兒都沒有，想都不用想，否則至少也要等一家老小的「人口」吃飽喝足了再說。

由於我們長年在台北工作，平時不常回花蓮，只有逢年過節才回老家，在假期中，我們老家就成了所有孩子們的兒童樂園，除了二叔叔常常會帶著他們去釣魚、郊遊，就算在家裡面，一大群自己和親朋好友家來的孩子們總是樓上樓下、屋前屋後的大玩捉迷藏，有時連那個都已經三十好幾還賴著不肯結婚的小叔叔也會跟孩子們一起玩得沒大沒小童心大發。

碰上過年，男人家們有老媽領軍拼命的打牌，打累了就睡，睡飽了再打，打餓了就吃，而女人家們卻是每天眼睛一睜開就得不停的調理一家人的吃的喝的，外加三餐之間的點心和附帶宵夜。而且不論費了多大工夫去調理出來的菜餚或點心，千萬不要去問成果或口味如何什麼的，否則一定會很洩氣，因為大大小小的十幾二十口，任何東西只要從廚房裡一端出去，等我們探頭出來時，早已是盤底朝天一掃而空了，孩子們也許還會用「嗯！好吃好吃」來表示表示，那些男人家們卻是眼睛只顧著麻將，嘴巴還沒來得及擦就已經不記得自己剛剛吃過些什麼了？

所以也無怪我們家好像每天都有洗不完的杯盤碗筷，不誇張；我們女人家們每天單單花在洗碗的時間加起來絕對超過兩小時，有時男人們想到了也會進廚房裡來虛晃一招假惺惺的問說要不要幫忙？

要！非常要！這還要問？用眼睛看也知道，可是他們可真的只是嘴巴說說而已，好像只要一回到花蓮老家，男人們就拿到了「老太爺」或「大少爺」的令牌，突然就可以君子遠庖廚了，甚至連一向燒得一手好菜，在台北很樂於為我分攤家事的老公也突然有些死皮賴臉的躲開廚房了。這也就難怪我們三個妯娌都巴不得小叔叔趕快把已經交往多年的女朋友黃小姐娶進門，也好多一個幫手，不過幸好她對我們家已相當瞭解，不然真怕她會被那一堆杯盤碗筷給嚇跑了。

不過我倒是真的很慶幸有個好婆婆，她從不嚕嗦，而且為人一向是少見的寬宏大量，樂觀的不得了，幾乎任何天大的事到她手上都成了雞毛蒜皮、芝麻綠豆。而且她的人緣好的出奇，她都已經七十好幾了，可是心算之快連我們全家的大人小孩都要望塵莫及，然而她對人對事卻都是大而化之，從不斤斤計較。而且只要有牌打，每天笑瞇瞇。

不過她當然不是成天坐在牌桌上啦，你一定不相信；像她這樣七十幾歲的老人家，居然還可以自己風雨無阻的每天騎機車去上班工作呢？她真的是身體健康精神超級好，其實所有兒子、媳婦也不知道跟她說過多少次；要她早早退休待在家裡享享清福了，但是她卻堅決不肯，因為她在家裡是絕對閒不住的，只要閒著兩天就這裡痠那裡痛的渾身不舒服，甚至還真的會生病，但是只要忙

著工作或忙著打牌，卻是精神百倍病痛全消的。

也幸好親朋好友中的長輩們都很清楚這點，不但不會見怪說我們不孝，反而叫我們千萬不要鼓勵老媽退休待在家裡，也所以我們只好不「孝」而「順」了。只不過這兩年她總算多少接受了我們的一點建議；不再每天自己騎機車去上班而改坐公司專程派來接她的轎車去上班了。

你更不會相信的是；我這位七十幾歲的婆婆居然是好幾家公司和觀光遊樂區的生意保證者，一天沒有她生意幾乎就沒法子做，因此直到現在她還至少同時在幫三家公司實際的運籌帷幄，然後她每天居然還有時間打牌，更不可思議的是她竟然是十打八、九贏呢！也所以孫子們幾乎每天晚上都在盼望著這位天

才奶奶趕快回來，除了有好吃的宵夜，十天裡至少有八、九天可以吃紅，雖然只是一百塊錢，但是，奶奶對所有孫子都是一視同仁的，連我的兒子長年不在她身邊，居然也一樣可以吃紅，奶奶都會特地留下來，等遇到年節有空返家時一次給付，也所以全家孩子們的私房錢越來越多，其中大半是奶奶給的。

最近，為了薇薇要養貓餵貓，家中的剩飯剩菜早就不夠了，婆婆居然會答應去一家餐廳打工幫忙，當然不是去洗碗掃地幹粗活，只是每天去看看，指導指導菜色而已，老闆是後生晚輩，對婆婆禮敬之至，而婆婆可不是為了錢去的，而是純粹為了替薇薇張羅貓食才答應的，如此一來，每天餐廳裡吃剩的魚頭魚骨外帶各種海鮮就順理成章的被帶回來變成貓咪們的美食佳餚，也所以每天晚上只要一聽到奶奶回來了，真的是全家歡聲雷動，人貓列隊迎接，孩子們等的是宵夜，當然最好還可以吃紅，而貓咪們更是極盡巴結討好之能事，咪咪喵喵的一窩蜂全擁上前來，看看今天是不是又有什麼新口味的海鮮大餐可以吃了？在我們家奶奶真的是全家人口貓口的中心，連人帶貓統統喜歡她、敬愛她。但是為了寵孫女；為了替她籌措貓食，不惜去餐廳打工，這樣的奶奶我想大概是世間少有的吧？

婆婆偶爾來台北，美其名是來看兒子、孫子，其實都是應我們兩位舅舅之邀來聊天打牌的，有時一連三天三夜的「盤腸大戰」，把對手全打得落花流水外加累癱了，她回來竟然還能跟我老公和小叔這兩個她所謂「長年流落在外」的寶貝兒子聊天聊到深更半夜，當然必定是他們母子的感情特別好才會這樣，但是卻又不得不令人驚愕於婆婆的超人體力，都七十多歲了還能有這樣的興緻，

而且不論在她自己的工作環境或家中都是人人喜愛、人人歡迎，這真的是我們全家人的福氣，更是她自己的福份，願我們家的「天才奶奶」永遠健康，永遠笑口常開，體力永遠這麼好，我相信不只是我們全家人會這樣祈求，甚至連那一大群貓咪們必定也會這樣祈求的。

第四章

奶奶這樣說——

奶奶口述

奶奶這樣說

奶奶口述

我們家後面那些貓咪啊；好可憐哦！

又瘦又髒，臉和身體瘦得只剩幾根骨頭，只有眼睛好大好大，全身烏漆嘛黑的髒死了，誰都不要去餵牠們，只有薇薇啦，女孩子心腸軟，還抱在媽媽手裡就會拿我們家吃剩下的魚骨頭去餵小貓咪，等到自己會走路了，就倒剩飯剩菜去給貓咪吃。

我怎麼會曉得現在會有那麼多的貓？剛開始只是讓她養個一、兩隻好玩的，哪裡曉得貓咪會越來越多，這貓還會做廣告的哩，附近又沒有人要餵牠們，只有我們家的薇薇會餵牠們，這些貓咪當然都往我們家裡跑囉！一來就是一大群一大群的，大的帶小的，餵了這隻不餵那隻也不行，大的有吃小的沒有吃也說不過去啊？本來光是剩飯剩菜就夠了，後來連前面那邊的貓咪每天也來咪咪叫的要吃的，前前後後幾十隻貓每天光是會要東西吃，我們一家老小光是弄貓吃的就受不了了，沒有東西吃就偷我們曬在後面竹竿子上的臘肉、香腸吃，只要眼睛一個沒有盯牢了，貓咪背起幾條香腸就跑，難怪老爺爺在的時候，看到那些野貓就生氣，誰還敢養？罵都罵死了哦？

那是現在老爺爺不在了，這幾個兒子都是好爸爸不會打小孩的，所以一個個都踩著鼻子要爬上天了，不要說養貓了，小孩子要天上的星星，這幾個爸爸也會登梯子去摘喲！

現在大家也不餵豬了，每天那一點點餿水也沒有人收了，最後還不是倒進垃圾筒裡？本來想薇薇拿去餵貓也好嘛，可是誰曉得現在連附近鄰居也把餿水倒在我們後面還不夠那些貓咪吃呢！薇薇竟然把腦筋動到學校裡去了，每天放學就帶幾個同學回來，把全班同學吃不完的便當統統包回來餵貓咪，這像什麼話？叫她到學校是去用功讀書的，沒有人叫她到學校去收餿水？

看看她這個爸爸，還要去釣魚回來給貓吃，哪裡天天有好多魚可以釣的？

有時候我看還不是花錢到市場去買回來的？家裡有什麼事可以瞞得了我這個老媽媽的眼睛？有時候真的沒有吃了，還要去買魚罐頭回來餵貓咪呢！

本來那餐廳要我去幫忙，我是說不定要不要去的，可是看看這家裡人是吃不窮，倒是遲早要給那一大堆貓咪給咪呀喵的吃窮了，看看那餐廳每天的餿水好多，好多好多吃不完的魚啊蝦啊都是整條整條的往餿水桶裡倒，要拿回來餵貓，薇薇笑都笑死囉，而且現在的餿水包給人家來收也沒幾個錢，心想好吧！只要每天可以包些魚啦蝦啊回來餵貓，做就做嘛，反正又不是去給人家當老媽子要我掃地抹桌子的。這下總算才把薇薇餵的那些貓咪的肚子給撐飽了。

這些貓咪的眼睛還是會認人的，每天一回來才到路口就咪呀喵的叫我了，一隻隻要吃的很哦，真的是餓死鬼投胎。

吃是吃，這些貓咪還是有做一點事啦，沒事就到處抓老鼠、抓蟑螂，抓到了還會來獻寶，一大早開門就堆在大門口，好像要跟我們說：我們可不是白吃你們的？

連薇薇的外婆，住在雲林那麼遠，聽到我們家的貓咪會抓老鼠，還要女兒、女婿休假去玩的時候順便帶一隻抓老鼠第一名的去借用借用呢！

我也不知道家裡這些貓還要養多久？不過看薇薇養得這麼認真，我看會一直養下去吧！奶奶現在做得動還可以幫你們給貓咪找吃的，以後你們長大了就

第四章

奶奶這樣說—奶奶口述

要自己去幫貓咪想辦法了！

第五章

放牛吃草記趣——

皮皮

放牛吃草記趣

皮皮

我最喜歡回花蓮的奶奶家，有一部分原因是因為我是在花蓮出生的，一直住到幼稚園畢業才被爸媽帶來台北讀小學，所以對花蓮有著一種很特別的感情，但是最大的原因卻是我最喜歡一直住在花蓮老家的二叔叔，他是一個很好很好的叔叔，從來不會發脾氣罵我們，而且常常帶我和堂妹薇薇、恬恬還有堂弟康康、表妹妞妞一起去游泳、釣魚……

雖然二叔叔每天一樣要工作，但是我總是覺得他最主要的工作好像就是每天帶所有的小朋友出去玩。雖然平常上學的期間我都必須和爸媽住在台北市，幾乎整天都被關在屋子裡讀書做功課，討厭死了！但是，一到寒、暑假的時候，爸媽就會讓我回花蓮老家去度假，而且每次都是玩整整的一個寒假或暑假哩！以前年紀小都要由老爸或老媽帶我回去，現在我都是自己一個人背著背包去坐飛機回花蓮，到了花蓮，二叔叔都會開車到機場去接我。爸媽每次都說這叫做「放牛吃草」，雖然我好喜歡回去花蓮，可是我才不承認自己是牛呢？

花蓮的奶奶家離海邊很近，從後門到可以摸到海水的地方還不到一百公尺，而且打開後門走幾步路坐在防波堤上或是在二樓的陽台上都可以看到一望無際的太平洋，夏天的時候海水好藍好藍，非常美麗。而且有好多人在海邊釣魚、游泳和玩風浪板，也常常可以看到一些漁船在捕魚。

可是二叔叔說我們還太小，不可以下海去游泳，爸爸也是這麼說，每次暑假回花蓮之前老爸都會再三交代不可以一個人去海邊玩水，可是他又常常吹說他自己小時候是多麼的勇敢，小學一年級就常常一個人偷偷抱著游泳圈下海去游泳，而且每次都游出去好遠好遠，而且常常因為偷偷去海邊游泳而被爺爺揍得半死。大人們有時候真奇怪？他們自己小時候可以去玩，現在卻又不准我們去玩，其實我早就會游泳了，真的好想像老爸小時候一樣，一個人偷偷摸摸的抱著游泳圈跳進大海裡；然後一直游一直游，游到好遠好遠的地方去，我真的好想試試看自己到底可以游多遠？可是老爸說以前這附近沒有鯊魚，現在卻有鯊魚出沒，雖然我猜想老爸多半是在嚇我，可是我怕真的有鯊魚像電影大白鯊

那樣突然在我面前冒出來，或者拼命在後面追我，所以我還是不敢一個人偷偷下海去游泳。

聽老爸說；如果一直游出去一、兩千公尺就可以看到整個花崗山的運動場，所以可以證明地球是圓的。我不知道他是不是又在蓋我了？我認為我老爸可能是天才和阿達的混合體。很多人不知道全國小朋友最喜歡看的腦筋急轉彎有很多本就是我老爸寫的，而且他也很會畫圖，還會雕塑和製作各種漂亮的珠寶，他以前當過廚師，所以很會煮菜，比老媽煮得還要好吃。

有時候我真的不得不崇拜我的老爸，可是，有時候他也有阿達阿達的時候，自從他帶我去看了「超時空戰警」的電影回來，每次騎機車載我出門，看到比較高的大樓時，他都會故意叫我抓緊他，他說要像席維斯史特龍一樣垂直的把機車順著牆面騎到頂樓去。你說他是不是有點阿達？是不是太會幻想了？還有你一定不會相信我老爸真正的專長是什麼？他是靈魂學的專家，對靈異現象和飛碟外星人也很有研究，常常晚上就抬著大型的天文望遠鏡去陽台上看星星，如果突然看到夜空中有發亮的光點在移動，他一定會很注意去看，你猜他在看什麼？原來他在看是不是飛碟？可是每一次最後都發現只是飛機而已，不知道是不是想看飛碟想到有點秀斗了？還有他每次載我經過雙X冰淇淋店，都會要我請他吃冰淇淋，我說只能請他吃一球，他就說好啊！但是要像籃球那麼大的一球，再不然，他就會叫我乾脆把全部的存款領出來去大吃一頓冰淇淋，我說他絕對吃不完，他卻說我們可以一起住在裡面慢慢吃，鐵定吃得完。我問他為什麼這麼想吃冰淇淋，他卻說是小時候沒有吃夠。你說我這老爸是不是有些天

才也有些阿達？

其實不只是老爸這樣，我覺得其他三個叔叔也一樣，二叔叔迷釣魚和射擊，他是花蓮空氣步槍和空氣手槍的選手，常常代表花蓮地區去參加全國比賽。三叔叔是電腦專家，每次台北有電腦展，他都會專程上來看，然後買一大堆電腦零件和書籍回去自己組裝，老爸有任何電腦方面的問題都是打電話去問他，有時候連「GAME」不會動也要打長途電話去問他。小叔叔是建築設計師，他在一家很有名的建築師事務所工作，常常出國，因為他還沒有結婚，所以假日有空的時候都會來我們家吃飯，他最喜歡喝可樂，每頓飯都要喝，不吃飯的時候也喝，但是他從來不喝白開水，而且他最喜歡吃甜的食物或零食，只要是甜的東西，他沒有不喜歡的，我記得有一次我很小的時候，他在我們家看錄影帶，大概沒有甜的東西可以吃，所以就把爸媽新買給我吃的一整罐魚肝油糖球當成零食吃，而且吃得一顆都不剩。老爸知道了就罵他嘴巴癢！他最討厭的小動物就是螞蟻，老爸說那是因為螞蟻會跟他搶甜的東西吃。

我老爸和三個叔叔最像的地方就是他們都很愛玩，而且簡直比我們小孩子還要愛玩，尤其是過年大家回到花蓮老家放鞭炮的時候，他們每次都會跟全家的小孩子搶著放，而且每個人都放很多很多，每年的鞭炮再大箱都不夠放，尤其是沖天炮，所以隨時都要出去買。

老爸和叔叔他們每年都會在過年之前就買好一大堆各色各樣的鞭炮等除夕的時候放，全家的小朋友和附近鄰居的小朋友都很期待除夕的到來，因為只要

吃完年夜飯領了壓歲錢就可以到後面的海邊去放鞭炮了。

我最喜歡放沖天炮，不管是大支、小支的還是笛聲火箭都好，但是現在全家不管男生、女生大家都越來越喜歡放沖天炮，所以必須搶著放，叔叔他們每次都會分給我們一人一把，每人都先點好一支香，這樣才不會搶來搶去，所以過年的時候，每天晚上吃完晚飯的第一件事就是和康康拿一堆鞭炮去海邊放，住台北最不好的就是不可以放鞭炮，有一次放完寒假我偷偷的帶了一盒水鴛鴦和一把沖天炮回台北，本來想拿到頂樓陽台去放，給老爸發現了被他罵了一頓，因為會吵到別人還可能引發火災。

所以過年在花蓮海邊才可以大放特放，我覺得放鞭炮是每年過年最快樂的

事。而且老爸和叔叔他們都會很認真去討論哪一種沖天炮比較好，哪一種比較不好，我覺得他們大人好像比我們小孩子還要愛放鞭炮哩？真奇怪？

二叔叔是個釣魚癡，只要一有空閒他就拿著釣具去釣魚，因為我們花蓮老家離海很近，很方便釣魚，二叔叔常常說如果是放長線的釣法，只要出海放好魚餌之後就可以把那種很粗的釣魚線一直拉到我們家的二樓窗戶裡來，可以坐在家裡等魚上鉤，我覺得他說的應該是真的而不是開玩笑的。

可是二叔叔是個怪人，他只喜歡釣魚卻非常討厭吃魚，我們每次釣來的魚不是送給他的朋友或鄰居，就是拿去餵後門海邊的那些野貓，那些野貓都是薇薇養的，薇薇好喜歡養貓，一共養了二十幾隻，而且大貓還會再生小貓，所以

越來越多，她們那些女生每天最喜歡跟貓玩，可是因為我屬狗，所以比起來我還是比較喜歡小狗，雖然我一直好希望能養一隻狗，可是爸媽都不讓我養，現在薇薇她們在老家養了一大堆貓，我想養一隻狗寄放在老家的計畫也只好泡湯了，因為狗和貓一定會打架，不過等我長大以後我一定要養很多很多狗。

那些貓有時候也很討厭，每年過年前二叔叔都會在鐵路邊上燻臘肉和灌香腸，然後掛在竹竿上曬，那些貓不管餵的多飽都會想要去偷吃，牠們會用走鋼絲的特技爬到竹竿上去偷咬臘肉和香腸，真厲害！可是如果被二叔叔看到了就會拿棍子趕牠們，可是都不能真的打牠們，不然薇薇會生氣，所以大家都不敢欺侮那些野貓。

雖然後面海邊釣魚很方便，可是我們小孩子的技術不好，力氣也不夠，拿不動海釣的釣竿，所以只能坐在旁邊看二叔叔釣，不過有時候我們也會幫忙捉海蟑螂來給二叔叔當餌，或是和康康、薇薇他們拿石頭來堆城堡，如果有小螃蟹出現時，我們也會捉捉小螃蟹。可是，每次玩得正開心的時候，就會聽到嬸嬸她們站在防波堤那邊叫我們大家回去吃飯，我們就只好回去等明天再來玩。

我很喜歡花蓮，可是我還是要回台北上學，老爸說等我升高中的時候就會全家搬回去花蓮了，我好期待那一天趕快到來。

第六章

枕頭大戰神仙看——

小叔叔

枕頭大戰神仙看

小叔叔

記得兒時的童謠：「我家門前有小河，後面有山坡……」而我們家卻是「我家門前有太平洋，後面有中央山脈」，從小我們就是成天徜徉在青山大海之間，沒有車水馬龍、行人擾嚷的街道，沒有閃亮炫目的霓虹燈，更沒有可以打壞眼睛的電玩或笙歌達旦的酒廊、ＭＴＶ，甚至沒有電視，那時每個小朋友所能擁有的只是玻璃彈珠、橡皮筋、紙牌、塑膠鬥片、漫畫書和小朋友之間純真的友

情，在物質困乏的時代，一大群大大小小的孩子們聚在一起時，就算什麼玩具都沒有，大家玩玩捉迷藏、踢踢空鐵罐抓鬼或者騎馬打仗，就可以玩得昏天黑地忘了回家吃飯。

小時候的我；圓滾滾胖嘟嘟的像個肉圓子，從小到大唯一得到過的一張獎狀竟然是6個月大時；以十一公斤的體重一舉囊括了花蓮市和花蓮縣兒童健康比賽的雙料冠軍，那也是我小時候和老哥鬥嘴時以為唯一可以「炫一炫」的豐功偉業，但是三個老哥從小在老媽獨家祕方的「飼料」餵養下，同樣個個都曾是花蓮地區健康比賽的盟主，因此根本就輪不到我這小么弟來屁，老哥們甚至連手來糗我說：幸好那時比的只是秤重的「豬公比賽」，要是附加智商測驗的話鐵定輪不到你囉！

小時候最期待的就是過年，在社會經濟普遍不佳，家中環境更差的五〇年代，每年過年時所謂的新衣服就是黃卡其制服一套，白球鞋一雙，這是要整整穿上一年的行頭，但，雖然如此，我們幾個兄弟依然很興奮，都是迫不及待的巴望著除夕早些到來，因為一直要等到除夕祭祖時，老爸才准我們的新衣服上身，但是老爸大概從來沒有想到每年除夕晚上；我們都是把新制服和新球鞋穿得武裝整齊的窩在棉被之中等天亮第一聲鞭炮響的，不蓋你，我們真的是連鞋子都穿好了躲在被窩中等天亮的，因為只要大年初一天色才濛濛亮之際，只要聽到附近有人放了第一響的開門炮，我們就可以理直氣壯的一躍而起。因為這整整期待了一年好不容易才等到的新年，我們是一刻也不願浪費的，所以為什麼會前一晚就把衣服和鞋子全穿好？就是怕自己比別人少玩了那幾分鐘。還有就是那時代的人們都習慣早起，大年初一更是一大早就外出拜年了，所以小孩

子誰要睡晚了，紅包壓歲錢也有可能少拿幾封。

老爸是個相當注重傳統的人，因此每年過年從祭祖、貼春聯、吃團圓飯、守歲、給壓歲錢，甚至放鞭炮可說一樣都不能少，他不喜歡買外面現成的春聯，總是自己動筆來寫，而且平常什麼平安招財的詞句他都不喜歡，所以我們家的春聯都是些勵志的格言，後來，大哥的毛筆字漸漸有些模樣，每年過年時的春聯都由他執筆，不只是寫，老爸還要大哥自己創新的對子，老爸覺得滿意了才能貼在門上，有時大哥還要幫附近的鄰居們寫幾副春聯，現在則交棒給了二哥，這種自己寫春聯的傳統卻從未改變，然而現在都市中的公寓大樓甚至連可以貼春聯的地方都沒有了，老家的整條街上大概只剩我們家還是每年都貼自己寫的春聯。

說到春聯，記得我很小的時候，有一次正在看幾個哥哥站在梯子上貼春聯，老哥突然問我：「福」字和「春」字為什麼要倒著貼？沒想到我竟然不加思索的答說：那是為了給天上的神仙看。這個妙答害得老哥差一點從梯子上栽下來，但是後來幾兄弟歪著頭研究了半天，覺得我實在是有些歪打正著，於是一直懷疑我若不是神童，就是腦袋有問題，但是我一直覺得我那次的驚人之語應該可以躋身神童之列才對。

放鞭炮也是我們家的大事，雖然現在過年時大家鞭炮少放了，不像我們小時候，那鞭炮聲從除夕前一天一直到年初五可以說此起彼落從未停歇過，我們總是覺得如果過年少了霹靂叭啦的鞭炮聲，哪還像是過年呢！而且我們也一直相信過年放鞭炮會越放越旺，所以直到如今，每年過年我們是一定會帶著全家

小朋友一起大放特放的，美其名是帶著小朋友們玩，事實上都是我們四兄弟自己童心未泯，愛玩的不得了，雖然每年從除夕夜開始，一直要放到初四、初五，親朋好友外加鄰居的大人、小孩都會一起來共襄盛舉，但是算算結果還是我們四兄弟放得最多，所以鄰居的歐吉桑、歐巴桑見到我們過年放鞭炮時都會說：哦！你們這四個大小孩又回來了！因為他們只有在每年過年時才會看得到我們四兄弟同時出現在老家，而且年年都是看到我們在放鞭炮。不過，對全家的大人、小孩來說，每年除夕夜都是狂歡的嘉年華會，而且真的是老少盡歡。

小時候我們家住的是眷舍，木板鐵皮搭建的日式宿舍在我們住進去時至少已經有五十幾年的歷史了，一家六口就擠在六張塌塌米大的通鋪上，但是小時候卻覺得分外溫暖，後來陸續往屋後增建，爸媽以及跟我足足相差了十一歲的大哥都各自有了專屬的房間，因此這六張塌塌米的房間就成了我們三兄弟的遊戲空間和戰場，每晚睡前都必定會爆發一場枕頭大戰，只見各色各樣的棉絮枕頭滿天亂飛，砸的砸、躲的躲，嘻嘻哈哈的打成一團，最後就演變成了半真半假的角力，結果從無例外的；一定是老爸站在房門口震天價響的一聲大吼，才能讓我們三個他習稱的二小子、三小子和我這個小小子，立刻噤若寒蟬的乖乖躲進被窩中睡覺，但是只要老爸把燈關了一走，棉窩中無聲的戰爭仍然還要持續一陣，直到一個個真的是精疲力盡了才肯進入香甜的夢鄉。老媽從來沒有打過我們，甚至從不曾大聲的罵過我們，就算我們的枕頭大戰打得再激烈，她頂多只是叨唸兩句：哥不像哥，弟不像弟，倒像三隻咬來咬去的小狗！

的確是這樣，但是我們兄弟之間的感情卻就是在這樣打打鬧鬧之中培養出

來，直到如今我們還常常互相開開玩笑，我想如果還能有一間塌塌米的大房間、又有很多棉絮枕頭的話，也許我們四兄弟都會很樂意的帶著所有孩子們打一場「世界枕頭大戰」呢！我覺得很奇怪的一件事就是；我以前一直以為每家的兄弟一定和我們家一樣，大家的感情都會很好，也許小時候是這樣的沒錯，可是長大了以後，卻越來越發現並非如此，不論是看見或聽說的，別人家的兄弟姊妹之間總是有些生疏見外，甚至互相鉤心鬥角、爭多論少，就更別說甚至反目成仇形同陌路了。因此相形之下我們家兄弟之間的感情就顯得特別好，也就顯得格外奇怪了，而且這種感覺與奇怪卻是與日俱增而無減的，原因究竟出在哪裡，那正是我們四兄弟到今天為止還沒有搞清楚的？而且我們從來沒有教導過下一代的小孩子們什麼兄弟姊妹之間要相親相愛之類肉麻兮兮的話語，但是他們卻自然而然就變成今天這樣的關係，真的是比人家親兄弟親姊妹還要好。

小時候，暑假裡，我們兄弟和附近同年紀的小朋友最常幹的一件事就是盡量想辦法五毛、一塊的湊到十塊錢，派個代表去街上買一頂全新的單人蚊帳，拿回來剪剪裁裁的做成一張克難式的漁網，然後就一行人浩浩蕩蕩的出發去找一個不太深的小池塘，大家捲起褲管或乾脆脫得光溜溜的跳下水；同心協力的網啊網的，每次總是會有相當不錯的收穫，網上一堆小魚、小蝦、小螃蟹。然後我們這些業餘的小漁夫們就會找鍋找柴的就地生火，煮上一鍋鮮美的魚湯來打打牙祭。其實我們家的環境雖然不算多好，但從不缺我們吃的，所以會去當小漁夫純粹是好玩而已。

其實在我小時候家裡還是養過貓的，那是一隻不請自來的怪貓，牠原先常常在我們家的大門口探頭探腦的，那時報紙上剛登過一種很奇怪的「陰陽貓」，

說是一邊眼睛藍色，一邊眼睛黃色，這種貓不但稀有，而且抓老鼠的本事可以說神乎其神，據說老鼠只要看到牠那對神祕的眼睛就會嚇得四肢發軟不能動彈而乖乖的束手就擒，如果是在樑上或牆上的老鼠，那只要聽到這種「陰陽貓」輕輕喵的一聲，就會自己嚇得摔下來。

但是因為我們從來沒有見過這種「神貓」，所以對報上的說法抱著半信半疑的態度，誰知道，隔了兩天，當這隻全身白毛的怪貓又出現在我們家門口時，我只不過好奇的多看了一眼就忍不住的大叫起來，全家人聽到了全出來了，原來，這隻怪貓真的是一邊藍眼一邊黃眼的「陰陽貓」，我們兄弟如獲至寶，想想可能不是附近人家飼養的才對，因為照說這麼名貴的貓怎麼可能隨便放出家門呢?所以就管他三七二十一先想辦法逮住牠再說，但是也根本不用逮，只不

過用了一碗拌了魚湯的剩飯，牠就從此乖乖的在我們家待下來了，不過，這隻怪貓卻真的是不同凡響，牠不但不是什麼抓老鼠的神貓，看到老鼠時反而是牠自己嚇得「ㄆㄧˊㄆㄧˊㄔㄨㄚˋ」，所以別說抓老鼠了，牠要不被老鼠抓去就非常阿彌陀佛了。但是也不能說牠沒有什麼專長，牠唯一的專長就是偷吃桌子上的魚啦肉的，也所以，老爸從此對貓就沒什麼好感，他根本不相信現在的貓還會抓老鼠？

為了薇薇這本書，全家人都參與了，我只能拉拉雜雜的寫些自己的童年往事，但是每次回到花蓮的老家，看到皮皮、康康、薇薇、恬恬以及親朋好友專程送來「玩耍」的這些孩子們能夠像我們童年時一樣玩得歡天喜地。也因此讓我深切的體會到一點，那就是：世界上最好玩的遊戲就是沒有任何玩具的遊戲，

因為再昂貴再稀奇的玩具總有玩膩的時候，以目前玩具科技的日新月異來說，一種玩具在小朋友的手上只要玩上幾次他們就失去新鮮感了，於是又吵著叫父母買更新的玩具，結果玩具越來越新奇，但是吸引孩子們的時間卻越來越短，因此現在的孩子們幾乎個個都有一大堆的玩具，但是他們卻覺得沒有一樣好玩。反觀不需要任何玩具就可以玩的捉迷藏，至少有幾千年以上的歷史了吧！可是哪一個小孩子不喜歡玩呢？

對我們這個年紀正在社會上奮鬥的人來說，童年早已像流水般的一去不復返了，只能從自己褪色的記憶中和孩子們歡樂的笑靨中去回味回味而已，雖然我們永遠也抓不回消逝的童年，但是我覺得可以永不消逝的卻是我們純真的「童心」。

第七章

咪咪貓回來吧！——咕咕

咪咪貓回來吧！

恬恬

薇薇是我的堂姊，雖然我並沒有和薇薇姊及康康住在一起，但是，爸媽卻經常帶我回奶奶家，只要平時功課寫完的時候或者放假時我都會吵著要老爸帶我回奶奶家，回奶奶家實在有好多好玩的事會發生，除了與薇薇姊一起聊天、畫圖，最好玩的就是和薇薇姊及堂弟康康一起到後院的鐵路邊或是防波堤下的海灘與那些貓咪玩在一起了。

薇薇姊很喜歡貓，卻常常被貓抓，也許是因為薇薇姊屬老鼠的吧？但是奇怪的是薇薇姊還是很喜歡貓，甚至是有些過分的溺愛牠們。其中只有一隻我們取名叫「薇子咪」的貓不曾抓過薇薇姊！因為那是薇薇姊最喜歡的一隻貓。而薇薇姊對貓真的很好，又常常跟貓玩在一起，所以貓咪們都很聽薇薇姊的話，尤其每次當薇薇姊說要帶牠們去散步，貓咪們大部分都會跟著去，真的是很好玩。

平常當薇薇姊要餵貓咪們吃飯時，薇薇姊總是會拿一隻調羹和裝飯菜的鍋子來餵貓咪們，當薇薇姊用調羹敲幾下裝飯菜的鍋子時，所有的貓咪們都知道吃飯時間到了，個個奮勇爭先衝上前來等著吃食，但是衝歸衝，還不一定輪得到吃第一，都會有先後順序，大貓吃完才輪得到小貓吃。有時剩飯剩菜不夠吃，薇薇姊還會偷偷的到廚房煎荷包蛋來餵貓咪們，等大夥們都吃飽了，才是玩耍時間。

從小我就喜歡回奶奶家和薇薇姊及康康弟一起玩，因為薇薇姊養了非常多的貓，我們替這些貓取了好多的名字，因為這樣在談論哪一隻貓時或是要叫哪一隻貓時，我們比較好區分哪隻貓是哪隻貓，有用每個人的小名幫貓取名字的，薇薇姊喜歡的貓就叫薇子貓，我喜歡的貓就叫恬子貓，康康喜歡的貓就叫康子貓，妞妞喜歡的貓就叫妞妞貓，皮皮哥哥喜歡的貓就叫皮子貓，東東喜歡的貓就叫東東貓，還有其他的叫酷哥、小兇咪、小莉、娜娜、小白咪、小小、莉莉、安迪、小花、保加莉、小黑、悟空、小黑皮、阿曼……等等。

但是有時因為貓太多了或是又多了一些新來的貓咪，搞得我們都糊塗了。貓有時也會突然不見了，不知道是不是去流浪了？但是大部分的貓在一段時間後又會自己突然的跑回來，可能是過不習慣流浪的日子吧！但是也有幾隻貓好久沒看到了，不知道會不會是被壞人抓走了？還是牠回牠原來的家了？不管怎樣我們都還是會有些想念牠們的，如果還在外面流浪；我們真希望牠趕快回來。

看薇薇姊養了那麼多貓真好玩，好羨慕薇薇姊能養那麼多的貓，我爸媽卻連一隻貓也不准我養，所以平常都要回奶奶家才能和薇薇姊及康康他們一起和貓玩，有時薇薇姊家的剩飯剩菜不夠給貓吃，我也會要爸爸從家裡帶一些剩飯剩菜回去餵貓，家裡有吃魚的時候，我都會要留一點好帶回奶奶家餵給貓吃，不然看到那些貓沒東西吃咪咪叫好可憐！後來奶奶去餐廳打工每天下班都會帶好多好多的飯跟魚回來餵貓，我才不用常常要留魚和帶剩飯剩菜回奶奶家去餵貓。

薇薇姊也很會畫圖，畫的圖都很漂亮，我回奶奶家有時都會和薇薇姊一起畫圖，看到薇薇姊畫的圖很好看，我也會要薇薇姊教我畫，薇薇姊畫的圖大部分都是漫畫和卡通，我也跟著薇薇姊畫一樣的圖，但是都無法和薇薇姊畫的一樣漂亮，薇薇姊很喜歡蒐集日本卡通亂馬二分之一的圖片。薇薇姊知道爸爸買了台新的印表機還是彩色的咧，就常要爸爸印一些卡通圖案給她，只知道爸爸說經常要上什麼電腦網路去「當露特」才能找到一些薇薇姊要的卡通圖案，但是爸爸說印出來好貴唷！我跟爸爸說薇薇姊要的，不然算便宜一點賣給薇薇姊好了，但是爸爸卻又說不要錢啦！爸爸可能「阿達」了，一下說很貴一下又說

不要錢，不知道爸爸怎麼了？？？

爸爸和媽媽幫我買了很多的芭莉，我常常帶回家和薇薇姊玩，薇薇姊也會要她媽媽買芭莉，我們就會躲在房間玩芭莉，康康是男生我們才不跟他一起玩芭莉，他卻常常吵著要跟我們一起玩芭莉，真討厭！康康唯一的好處，就是他從小就不怕摔，學溜冰溜得很好，我和薇薇姊都要他教我們溜冰，三個人一起溜冰很好玩。

有時妞妞放假時也經常來奶奶家玩，我們也經常一起拉著爸爸帶我們去騎腳踏車，爸爸說外面車多，小孩子不可以自己去騎腳踏車，一定要大人帶才能出去騎，但是爸爸最討厭了，每次一下班就去玩他的電腦，連放假的時間也要玩電腦，媽媽也常常罵爸爸，不要沒事就「泡」在電腦裡，媽媽說話好奇怪唷！電腦裡面又沒有水，為什麼媽媽要叫爸爸不要「泡」在電腦裡面？每次我們要出去騎腳踏車都要吵爸爸好久，爸爸才肯離開他的電腦，帶我們去騎腳踏車，而且爸爸騎沒多久就說好累，就坐在旁邊休息看我們騎，而每次我們騎得正好玩的時候，爸爸就喊可以回家了，好掃興喔！所以每次爸爸在叫我們的時候，我們都故意裝沒聽見，三、四個人就騎得遠遠的讓爸爸騎車來追我們，等爸爸氣呼呼的追到我們的時候，大家都已騎得老遠老遠，累得騎不動了，這樣子我們才願意和爸爸一起回家，但是爸爸卻要我們等他，讓他休息一下才能騎得動腳踏車回家，好遜喔！

我真的是好喜歡好喜歡薇薇姊，我沒有哥哥、姊姊，可是我覺得薇薇姊她

比親姊姊還要親，我也好喜歡奶奶家，也就是二阿伯和薇薇姊的家啦！永遠都有好多人好多的小朋友，非常熱鬧，二阿伯常常會帶我們去游泳和釣魚，好好玩哦！所以我們大家也都最喜歡二阿伯。

第八章

貓在作業上尿尿——

康康

貓在作業上尿尿

康康

姊姊從很小的時候就開始養貓，長大了以後養的貓更多，雖然她跟我一起養過很多很多的寵物，像小白兔、小鳥、金魚、小白鼠和鴿子，可是她最喜歡的還是小貓。

以前我們曾一起偷偷的養過一隻叫咪咪的貓，因為爺爺會生氣罵我們，所以我們就偷偷的把咪咪養在樓上的房間裡，姊姊和我勾勾手叫我要守祕密，不可以告訴別人，也不可以告訴爸爸和媽媽，我就說好！因為我也喜歡咪咪，所以都嘛沒有告訴別人。

咪咪很聰明，牠也知道爺爺不喜歡家裡有人養貓，所以牠白天就跑出去外面玩和找東西吃，到了晚上才從後面的窗戶那邊跳進來跟我們一起睡覺，然後一直睡到早上，牠又從窗戶那邊跳出去，所以爺爺都不知道，爸爸和媽媽也不知道，我們每天都要去偷拿食物到樓上餵咪咪吃，有時候姊姊也會把媽媽泡給我們喝的牛奶一人分一半給咪咪喝，因為咪咪很喜歡喝牛奶。

咪咪很會抓老鼠，牠每天都會幫我們抓老鼠，每次牠都把抓到的老鼠放在我和姊姊給牠的紙盒子裡給我們看。後來牠膽子越來越大，竟然跑到爺爺的房間裡去睡，被爺爺發現了，害我和姊姊都被爺爺罵。

大貓、小貓都很喜歡在我們家後面鐵路那邊玩，大貓會教小貓抓蝴蝶，可是小貓比較笨，都從牆壁上面跳起來抓蝴蝶，每次都抓不到，然後就跌到草堆裡去了。

以前姊姊的書桌還在二樓的時候，大貓、小貓常常會跳到她的書桌上玩，還尿尿在上面，搞得姊姊的課本和家庭作業上都是貓的尿尿，雖然曬乾了，可是還是很臭，老師改作業的時候很生氣，害姊姊去學校的時候就被老師K，老師叫她要再去買一本新的作業簿，可是姊姊回家都不敢說，她只跟我說，並且

還叫我不要跟別人說。

咪咪也會幫我們捉蟑螂，可是牠不喜歡吃蟑螂，每次捉到以後都是玩一玩就又放掉了。

第九章

職業殺手借用一下——

胖叔叔

職業殺手借用一下

胖叔叔

說起薇薇這個小妮子她啊！她是我的姪女，也就是我二哥的寶貝女兒。說真的，有時我還真搞不懂她心裡想的是什麼？薇薇從小對畫圖就很有天分，薇薇小雖小，畫出來的圖，連我這個做大人的都要自嘆弗如！

其實畫畫也就畫畫嘛！興趣也應該專心一點，想養個貓啊狗的，養個一隻、

兩隻也就算了，卻偏偏養了二十幾隻，為什麼會養了那麼多隻貓是誰也沒料到的事。我只知道有很長一陣子，薇薇不想畫畫時，就躲在屋後的鐵路邊或是防波堤下，也不知道她一個人在那裡玩些什麼東東？常常是一吃完飯之後就一溜煙的往屋後跑，大人們還在繼續吃飯，誰也沒閒工夫去理她在搞什麼飛機？久而久之也就習以為常見怪不怪了。唯一有些不太對勁的地方，就是屋後的野貓越來越多了，但是大人們誰也不曾想過，這些野貓會跟薇薇有什麼關係呢？直到有一天，薇薇的老爸到處找蛋要炒蛋炒飯時，才瞭解事態的嚴重性，原來薇薇她老爸買的蛋不是被下鍋炒蛋炒飯祭五臟廟，而是被薇薇偷偷的煎了荷包蛋去餵了那些野貓了。您說是該發頓脾氣打她、罵她呢？還是以後不准她再到屋後去玩呢？屋後的野貓是趕也趕不完，能怎麼辦呢？想想，這些野貓也怪可憐的，反正剩飯剩菜倒也是倒了，拿去餵貓也不是什麼壞事，就順其自然吧！

我這個做叔叔的是屬老鼠的，對狗還算有點緣份，至少還不怎麼討厭。但是唯獨對那些陰陽怪氣的貓啊，從小就沒什麼好感，真的是能離多遠就離多遠。但是，現在可好；薇薇在老家的前前後後竟然養了二十來隻貓，比起人家貓店養的貓還要多。每次帶著女兒回家就一個頭兩個大，老是要讓自己陷身在貓陣裡，真是苦不堪言，而女兒和她這個堂姊薇薇一樣，也愛和貓玩在一起，還經常要我這個老爸帶她回家找薇薇姊一起和貓玩，我這個老爸就算再怎麼不自在也得回去。

我啊！單是看到那一大群十分囂張的貓兒們就已經有些頭皮發麻了，而且還常常要忍受貓的騷擾，有時與家人一起話話家常，看個電視都不得安寧，這些貓不僅登堂入室，沒事還依偎到你身邊，在腳邊磨蹭磨蹭，貓還希望你能摸

摸牠跟你撒個嬌，也許一般人還蠻樂意去摸摸牠，對我來說還真想一腳把牠給踢開，但是這種行為可萬萬不行，要是當真踢了下去，後果可是沒完沒了，只能在心裡頭想想罷了，尤其是在女兒和薇薇面前；還硬是要面露慈愛的微笑，故意裝出一副很有愛心十分愛護小動物的樣子。於是再不自在也只有忍下來，久而久之也就習慣了。只是有些時候碰上的事，真讓我這個做叔叔的哭笑不得，有時坐在桌邊看個報紙什麼的，突然就一隻貓跳上桌躺了下來跟你四眼相望，沒注意時還真會被牠嚇了一大跳，後來才知道這張桌子是那隻貓兒的地盤，平常就常躺在那兒，而薇薇及康康還有我女兒恬恬就常在那桌上逗貓咪玩。

我真搞不太懂，薇薇的老爸、老媽（也就是我的二哥、二嫂），怎麼肯讓這些貓登堂入室，還讓牠們上了桌，怎麼想就是搞不懂到底是為了什麼？知道了這張桌子是那隻貓兒的地盤後，這張桌子就少去吧！免得自己沒事被嚇一跳還不能生氣！也真不知道這些貓兒們是從什麼時候開始就成了我們家的當家大哥？居然全家老小十幾口全都得讓牠們三分。要是薇薇的爺爺還在世，那還得了？哪還輪得到這些貓在家裡撒野，她爺爺早就吹鬍子瞪眼罵人吼貓了。說起爺爺來，我們從小連想也別想能養個狗啊貓什麼的，更別說讓這些野貓能登堂入室公然在屋子裡橫行霸道了。

我這個做叔叔的雖然不住在家裡，可是壓根兒想也沒想過爺爺一過世，家裡就造反了呢！那麼多的貓前面、後面的一大堆，數都數不清！小孩子在我們家裡啊，很少要求她們做家事什麼的，更別說要她們到廚房幫忙煮飯燒菜的，而薇薇什麼時候學會煎荷包蛋的，我這個做叔叔可想都沒想過，更沒想到的是她煎荷包蛋竟是為了餵飽這些野貓，也不知道薇薇怎麼想得到竟會親自下廚煎

荷包蛋來餵這些貓咪們，薇薇這小妮子平日很文靜，能為了這隻咪咪貓下廚學煎荷包蛋，真是讓人想都沒想過！還真奇咧！

講到貓啊，雖然我不喜歡，但是免不了還是有求於牠們的時候，有一段時期，我住的地方，突然是鼠患猖獗，但是儘管我自己明明生肖屬鼠，何況以我堂堂九十幾公斤的身材，算起來也是隻胖鼠王吧？可是偏偏是絞盡腦汁和那些小鼠輩們鬥智；即使使盡了渾身解數用了很多的方法都捉不到，有一次好不容易用捉老鼠的籠子，放了精心設計的誘餌才捉到一隻，但是卻在準備執行死刑時候一不小心讓牠給跑走了，唉！只能怪自己實在是笨手笨腳。然而之後再設計怎樣好吃的誘餌，都無法再捉到半隻老鼠，家裡依然遭到牠們好似報復性的肆虐到處亂咬東西，到最後我實在受不了了，只好回去討救兵，向薇薇借隻貓來除害吧？

薇薇和她老爸信心滿滿的就挑了隻最會抓老鼠的貓讓我帶回去，這隻貓兒果然是名不虛傳，當天晚上就繳了成績單，很瀟灑的銜了一隻肥老鼠來向我獻功，那模樣彷彿牠就是我僱來的「職業殺手」，當然古話說皇帝不差餓兵，少不了要好好犒賞犒賞這外籍傭兵啦！因為怕鼠患繼續為害，所以又讓貓兒多住了幾天，直到不再見到老鼠的蹤跡，這才安心的請這隻貓又吃了頓豐盛的大餐，也才把貓兒給早早請回家，要不然這隻「職業殺手」萬一賴著不走那可就麻煩大了！

從我這個做叔叔的立場來看薇薇，她畫畫真的極有天賦，如果好好造就未

來必成大器，而且不只是我，連從小就挺會畫畫現在業餘在搞珠寶設計的大哥也非常驚訝於薇薇不可多得的天賦。所以我也跟薇薇的老爸說了，建議他能讓薇薇去接受比較專業的美術教育，但是薇薇老爸卻是一個很知足常樂的人，認為什麼事都不要太過強求，因此小孩的課業也好，興趣也好，都隨他們自由發展，我這個做叔叔的好意告訴她老爸，應該給他們上課輔班或是才藝班什麼的，她老爸卻跟我抬起槓來了，說什麼現在的小孩都好可憐，除了平日上課之外，下了課之後又要趕著上什麼安親班、課後輔導班，整個童年就這樣報銷了，每個人都希望自己的孩子出人頭地，都希望能贏在起跑點上，每個人都想贏，誰要輸？問題是這樣的惡性循環造成孩子們的壓力，讓孩子從小就在跟別人比，跟別人競爭，活在這個世界上還有沒有什麼樂趣和意義？即便如此長大了大概也不會瞭解活著是為什麼？更別說是什麼生活樂趣了？

因此薇薇她老爸是很反對上什麼課輔班之類的，既然如此我是講不贏的，乾脆就不講了，只是覺得太可惜了薇薇的天賦，不過大哥卻和薇薇她老爸持相同的意見，認為畫畫本來就是興趣，如果給孩子太重的壓力只怕會適得其反，還不如就順其自然吧！

不過，薇薇在這樣的環境中，可能真的是因為沒有壓力所以高興畫什麼就畫什麼，因而她多半是以日常生活中所發生的點點滴滴做為素材，最常畫的就是自己和貓咪們的故事，而且有些還加上了自己的幻想，於是讓我覺得在她的漫畫之中，真的是充滿了完全屬於她自己的特色，在我所知道所有年齡相仿的孩子裡，她的確是相當奇特的一個小女孩；思想奇特、行為奇特、畫也奇特，我真的很高興有這樣的一位小姪女。

第九章

職業殺手借用一下—胖叔叔

第十章

鬍子長的當家——老爸

鬍子長的當家

老爸

薇薇究竟是什麼時候開始養貓的，我實在說不上來？

可能還沒上小學之前吧！後門靠鐵道邊上原本一直就有一些野貓，從我小時候就有，一直是自生自滅，從來沒有人去管過牠們。

以前薇薇的爺爺還在世時最討厭貓啊狗的，不要說自己養了，那些野貓、野狗甚至根本不敢上我們家串門子。

那時只有老媽沒事在鐵道邊的空地上養了幾隻雞啦鴨的好玩，那些沒人餵養的野貓總會趁空殺過來打游擊，而且打的是輪番攻擊；其中一、兩隻貓先衝鋒打頭陣把雞啦鴨的嚇走，其他的貓群就趕緊圍過來搶那些剩飯剩菜吃，反正就是分工合作非要把那些剩飯剩菜全部吃完才罷手，這些野貓說可憐也真的是挺可憐的，附近人家根本不會有人餵牠們，一直都是自己到處連偷帶搶的找吃的。有時侯一陣子沒見，突然聽到防波堤邊的漂流木堆裡會傳來哎哎的貓叫，原來不知道什麼時候又生了一大堆小貓，但是母貓和小貓都沒東西吃，當然是能偷就偷，能搶就搶囉！

本來我是不太管那些事的，就算那些野貓來搶那一點點本來要餵雞餵鴨的剩飯，我也是睜一隻眼閉一隻眼，懶得去理牠們，可是後來那些野貓不只是常常把剩飯剩菜吃乾抹盡，把老媽養的雞啦鴨的餓得呱呱叫，甚至還咬死了幾隻小鴨子，這下就實在太過火了。

因為我們餵那些雞啦鴨的倒不是為了賣錢或者養大了準備自己殺來吃，而是奶奶養著給孫子好玩的，沒事看著一個個剛學步走起路來搖搖擺擺的娃娃，追著黃咚咚毛絨絨的小鴨子到處亂跑挺樂活的，也是老媽除了打牌之外唯一的樂趣。所以這下子連一向好脾氣軟心腸的老媽也嘀咕起我來了，於是乎只要在後面看到了有野貓、野狗的，我總免不了要擺個樣子趕一趕，其實老實說也沒什麼用啦，反正你趕牠；牠就一哄而散，你不趕牠，牠們一會兒工夫又圍過來

了，不過只要那些狗啊貓的不要太囂張，不要乞丐趕廟公的再咬死雞啦鴨的，我還是睜一隻眼閉一隻眼，懶得去理牠們。

奇怪的是，家裡老老小小的十幾口，大概是受了老爸的影響，沒誰特別喜歡貓的，尤其是後門那些看起來瘦不拉嘰十分窮兇惡極的野貓，平常大家反正不理牠們就是了，沒有誰會特別去餵牠們的，頂多是為了避免牠們來搶雞食、鴨食，所以有吃剩的魚骨魚頭也是遠遠的扔在防波堤外邊由牠們去搶而已。

其實等我們後來發現的時候，薇薇可能已經偷偷的去餵那些野貓很久很久了，我想可能應該是從她還在唸幼稚園的時候吧？

一開始，只是覺得薇薇這孩子好像沒事常到後門那邊去玩，而且是一放學，第一件事就是往後門跑，有時是帶著弟弟康康一起，不過那時康康還很小，話都講不清楚，所以她是一點都不擔心弟弟會告狀。

後來奇怪的是後門那邊的貓好像有越來越多的感覺，而且不再像以前那樣見了人總是會快快閃開一段距離，反而越來越大方了，而且只要一到吃飯時間，就圍在後門邊上咪呀喵的吵得要命。我的老爸，就是薇薇的爺爺啦，他常常總是很納悶？為什麼每到吃飯時間，後門那邊的貓兒就特別多特別吵，因為他很肯定的是，只要在他眼底下，家裡是絕沒有誰敢去養貓餵狗的。

所以，連我們也很篤定，家裡沒有誰會去養貓餵狗，更不要說特地去餵後

門那一大堆野貓了，也所以等我們第一次見到老爸在後門那兒吹鬍子瞪眼的罵薇薇時，老實說還真的是嚇了一跳，雖然看見瘦瘦小小的薇薇被她爺爺罵得一把鼻涕一把眼淚的十分不忍。可是薇薇實在也太大膽了，全家老老小小的十幾口真的沒有誰不怕老爸的，連我們四兄弟都三、四十歲的人了，老爸要是脾氣來了罵了誰，還沒有誰敢回嘴呢！就更別說這些孫子輩的了。而老爸生平真的是最討厭狗啊貓的，趕牠們都來不及，薇薇這丫頭居然還偷偷的去餵牠們，難怪要挨罵了。

不過我還是估計錯了；原以為老爸這麼兇，薇薇大概不敢再偷偷去餵貓了，誰知道她可真的是拗得很，看她平常話不多，都是悶不吭聲自己管自己的，誰知道她餵起貓來可是認真的，不管她爺爺怎麼罵都沒有用，她是執意的非要養不可。反正只要她爺爺沒看到，她就自己去弄剩飯剩菜端到鐵道邊上去餵貓，就算被她爺爺看到了，她反正是打定主意等著挨罵就是了，而且反正罵歸罵、養歸養，罵久了也就皮了。

可是她皮了我們倆夫妻可就慘了，老爸後來也不罵她了，乾脆直接罵我們，反正都不外那同一句話，老爸總是說：「真搞不懂你們，沒事去餵那些ㄒㄩㄥˋ貓幹什麼？又不會看門又不會抓老鼠，平常鬼影子不見，到了吃飯時候統統嗡過來了，咪呀喵的吵死人了，吃完了嘴巴一抹又溜了。你們看過哪一隻貓可以養得『家』的？薇薇這小ㄚ頭平常什麼事都不幫忙，連油瓶倒了都不扶，只有餵貓可來勁得很……」

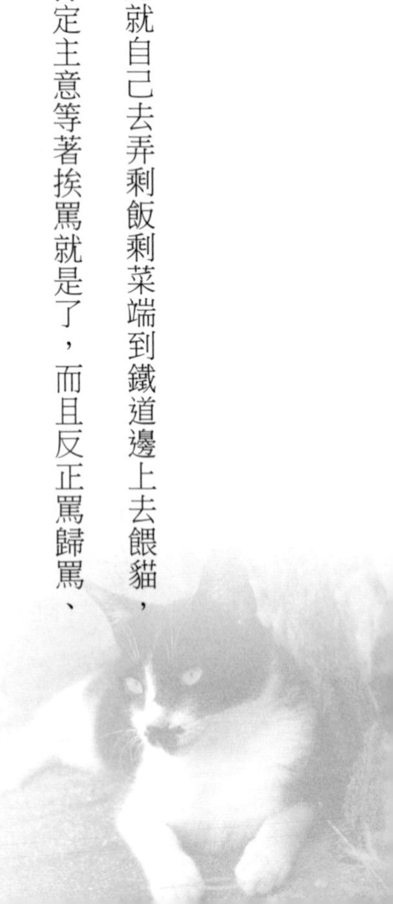

老爸說的「家」指的是貓天生的野性，有吃的才回來，一吃完就溜了，如果你一、兩頓忘了餵牠，牠就到別人家去了，根本不可能像狗一樣不管有吃沒吃都肯守著主人守著家。

老媽天生的軟心腸，倒也不見得喜歡貓，只是有時看薇薇挨罵不忍心，就會跟老爸說：「唉！小孩子嘛，反正一時風一時雨的沒有個長性，她餵貓還不是餵著好玩，家裡剩飯剩菜多的是，現在又不餵雞、餵鴨了，倒了也是倒了，你管她去餵？要不了兩天，她還不是又去玩別的了？」

老爸：「討厭嘛……」

有了奶奶出來替她當擋箭牌，薇薇可就像拿了雞毛當令箭，只要稍稍避開點她老爺爺的眼睛，就這麼半正式的餵了起來……

起先我也是覺得反正每天的剩飯剩菜倒了也是倒了，她要喜歡餵就隨她去餵好了，老爸寵康康不是也買了一隻鴿子給他養？總不能只准弟弟養鴿子，卻不准姊姊餵貓吧！也免得她說爺爺重男輕女偏心啊！

兩年多前老爸過世了，再也沒有人會嘀咕她餵貓的事，薇薇可就光明正大的養起貓來了，而且是來者不拒，一視同仁，無怪乎不只是後門那邊的貓越來越多，連大門那兒也大概是「呷好倒相報」而有不少貓兒聞風而至，好像附近方圓半公里以內的貓兒都知道海邊這一戶人家，有個叫薇薇的小女孩肯拿食物

餵野貓，所以一傳十、十傳百的全上門來找她咪呀喵的要東西吃。

而且那些新出現的貓，在態度上一開始是親熱中又有些「壞勢壞勢」，用國語說就是「靦腆」啦！但是，我認為這些貓啊多半是在那裡假鬼假怪，不管是大的小的、公的母的、花的白的、黑眼圈的、黃條紋的……一旦餵上兩天，牠可是一回生兩回熟的就以為跟誰都是「哥兒們」可以稱兄道弟了。

老爸說得可沒錯，狗啊貓的千萬不能「慣」，尤其是貓，你要給牠三分顏色牠可馬上要開染坊了。

究竟後來一共有多少隻貓長期在我們家前前後後進進出出的，那可別問我，因為問我我也不知道？反正到了吃飯時間，前門、後門大大小小擠得水洩不通，連人要出入只怕還得跟牠們說聲「借過」才行，我吃飽了沒事去算貓幹什麼？反正到後來薇薇帶著康康還有其他附近的小朋友一起替每隻貓都一一取了名字，聽孩子們說最多的時候，有一陣子是長期維持在二十五隻左右，真的是連我都不得不擔心了，光是每天那些剩飯剩菜早就不夠了，每頓總要額外多煮一些東西，不然有的吃飽了，有些還餓著，那可就沒完沒了了，只差沒有綁白布條抗議，所以後來我自己雖然沒有親眼看見，但是老婆、老媽甚至康康都知道薇薇常常偷偷拿冰箱裡的蛋煎給貓兒們吃，難怪有一段時間，我每天早上要炒蛋炒飯老是找不到蛋？

哇！如果薇薇再這樣善門大開多多益善下去，貓兒們繼續「呷好倒相報」

呼朋引伴再外帶拼命生兒育女下去，我看要不了多久，就要由貓兒們當家做主，換我們一家人跟牠們咪呀喵的要剩飯剩菜吃了。

這可不是玩笑話，因為到後來，連平常時候，屋前、屋後全是貓，一隻隻吃得又肥又圓，真的是飢寒起盜心，飽暖曬太陽，反正沒事就躺在屋頂上石頭上曬著太陽等吃飯。幸好有一個規矩沒壞，就是人沒吃飽之前不准先餵貓，不然我看遲早連我們的飯菜可能都會被薇薇剋扣了拿去餵貓。

後來，不知道從什麼時候開始，前、後門的「鎖家政策」也不知不覺中被打破了，所有的貓兒們開始公開的登堂入室，一時之間前前後後、樓上樓下全都是貓，蹲的、趴的、躺的、跑的、叫的、打的、咬的、熱戀的隨處都是，而

且還各有各的地盤，不只是牠們自己貓兒族的互相不得越雷池一步，甚至連我們大人、小孩也不可以去侵犯牠們的「租界」，大有當年列強瓜分中國之勢。真的是搞不清楚究竟是誰在當家做主了？

我最記得的是一隻有黃黑條紋長得像老虎似的貓，也許牠就是仗著這一身的假老虎皮，常常貓假虎威的跩了起來，不但在貓群中充大哥，而且漸漸連人都不怎麼看在眼裡。牠的地盤是樓上那三人座的長沙發，還偏偏要選正中的位置，一副山中無老虎，小貓稱大王的架式，當然，別的貓兒們是沒誰敢去「問鼎」牠閣下的寶座的，但是牠老兄喧貓奪主的居然忘了那個位置是小弟我平時偶爾看電視時常坐的地方，就算在我們家可以人貓平等，可也總有個先來後到吧！

但是牠顯然不怎麼把我放在眼裡，每次一進門招呼也不打，就這麼大喇喇的跳上沙發或趴或臥，根本正眼也懶得看我一眼，不過牠也未必真的不怕我，火了趕趕牠，牠看看我顯然不是在跟牠鬧著玩的，只好弓弓身子心不甘情不願的把寶座暫時讓出來。不過牠也是要看對象的，除了我以外，別人就沒這種禮遇了，誰趕牠牠也不肯走，誰要想動手拎走牠，那牠鐵定會張牙舞爪一番的，其實有時候碰上牠貓大哥心情不好，連我都不太罩得住牠。

有一次我正在看一個第四台的釣魚節目，正好樓下有點事，才去了一、兩分鐘回來，那時眼睛一直盯在電視上，那裡會去想到牠貓大哥也跟我一樣迷著釣魚節目，已經趁空趴在寶座上看起電視來了，我一屁股坐下去，只聽見驚天動地「喵嗚——」一聲，幾乎同時冷不防的屁股上就狠狠的挨了牠一爪，幸好我天生的皮厚肉粗，看看也沒怎麼樣。更幸好薇薇已經睡了，不然剛才那聲淒厲的慘叫只怕會讓她以為我殺了牠的愛貓準備過年灌香腸呢？

還有一隻肥花貓更絕，牠原來的地盤是在我那部老爺車的引擎蓋上，有一陣子老爺車右前窗的玻璃搖不上去了，好幾天都沒有時間去修，反正那輛車早就老得可以進博物館了，送人都沒有要，別說會有人想偷了。誰知道這隻貓兄大概想擴張地盤，竟然鑽進右前座的椅子上佔地為王起來，而且更誇張的是牠可能是得意忘形過了頭，居然忘了自己是貓；卻硬要學人的樣子睡覺，就是呈大字型肚皮朝天那樣睡，而且不只是故作姿態而已，牠可真的是從此就一直以這樣的姿勢睡下去，而且是全家人有目共睹嘖嘖稱奇的，可能也只有我們家的貓會被慣得如此這般的囂張，膽敢擺出這樣的姿勢來睡覺。

可是還沒完呢！大概總有個十來天吧！我抽空去把車窗玻璃的問題修好了，剛開回來第一天，由於玻璃自然是搖上去關住了，這隻肥花貓因為進不去居然火冒三丈大發脾氣，拼命對著車窗又抓又打又踢又咬的，足足鬧了大半個鐘頭，眼看是無計可施，竟然把一肚子火怪罪到後視鏡上面；同樣是又抓又咬，果真把我的後視鏡給抓咬出了一些爪痕齒印的，幸好我那是老爺車了，所以一點都不在意，不過我總不能因為牠貓兄要進去表演仰睡功夫，我就得乖乖的搖下窗子跟牠說：「請便吧！」不過後來牠每次只要試幾下而確定進不去的話，也只有乖乖回去老地盤的引擎蓋上盤踞了，不過我想只要一有機會，牠還是想進去車裡面重溫舊夢的。

我們家出了後門就是大海，從小我也蠻喜歡釣魚的，很多親朋好友看到我沒事就拿根釣竿坐在海邊的水泥消波塊上釣得怡然自得，難免十分羨慕，甚至看到我有時即便下著毛毛雨也一樣是手執釣竿在海邊做老僧入定之狀，因此大家都以為我是標準的釣癡。其實天知道，大多數時候我只是在動腦筋想去張羅貓食而已。平時家裡除了大大小小十幾口的「人口」要吃飯，還有二十幾隻「貓口」也要吃飯，人口好辦，幾乎是煮什麼吃什麼，但是貓口卻難調，多半時候都要有些「海鮮料理」才能擺得平。想想人家說靠海吃海，我放著海裡面千千萬萬條的魚不釣，卻花錢去菜市場買魚回來餵貓，一是過不了半年我大概就要宣告破產，二是別人知道了一定會笑我是頭殼壞去才會捧著金飯碗在要飯。所以為了應貓兒們和孩子們的要求，只好時時當起孤石簑笠翁拿著釣竿到海邊去「怡然自得」，如果運氣好能釣上幾條魚，那回家時真的是像英雄凱歸，歡聲雷動，連貓兒們都親熱異常的前呼後擁。

萬一摃龜空手而回，那可是人和貓都是一張張的臭臉，幾乎從表情上就可以完全懂得貓兒們的不屑，顯然是在說：「這傢伙真菜！」讓我十分的歉疚和灰頭土臉。不過有幾隻鬼靈精又性急的貓兒每次見到我拿著釣竿出門，乾脆就一路跟著我去海邊，原先以為牠們是貓兒們派出的間諜或者觀察員，是來監視我釣魚的時候有沒有偷懶打瞌睡？後來才知道牠們可比我想像得還要聰明，原來牠們早就打好了如意算盤，如果運氣好釣到了魚，牠們可以當場大吃「沙西米」，萬一摃龜了沒釣到半條魚，牠們可是不由分說的把我當魚餌用的小魚統統給幹掉，簡直比計時收費釣魚場的老闆還不講情面。

從小在父親斯巴達式的教育下，在我們家一直是長幼有序十分明確的，老爸當然是一家之主，如果老爸不在家，就由老媽當家，如果老爸、老媽都出去了，就由大哥當家做主，再來依序是我、三弟、老么，這傳統從沒改過，後來老爸過世了，老媽說自己老了不想再管事，以後就由大哥當家做主吧！可是大哥長年在台北很少回來，自然就由我代勞了，但是現在好像有點古怪了，家裡倒像是貓兒們的天下，一隻隻飛揚跋扈的根本搞不清楚狀況，可能以為誰的鬍子長誰就可以當家做主呢！真是的。

看著薇薇養貓、餵貓也好多年了，也許天天朝夕相處，倒也不會覺得我這女兒有什麼古怪的，她愛畫畫我們是由著她去，隨她高興畫什麼都好，她愛養貓也由著她去，只要不再常常偷偷的煎蛋給貓吃，弄得我一大早起來要炒蛋炒飯，結果開了火放了油卻找不到蛋就好了。

第十章

鬍子長的當家—老爸

第十一章 謝謝！——薇薇

謝謝！

薇薇

謝謝我們全家人，因為在我的心目中，我們是全世界最可愛的一家人。

謝謝奶奶說故事。特別要謝謝奶奶為了我的貓才去餐廳打工，每天都帶魚骨頭回來給我餵咪咪貓。

謝謝老爸寫故事。還有他常常帶我們去釣魚回來煮給咪咪貓吃。謝謝媽媽每天照顧我和全家。

謝謝大阿伯常常鼓勵我畫畫，並且編輯了這本書。謝謝大伯母寫故事。並且為這本書做美工完稿。

謝謝胖叔叔寫故事，並且用電腦為這本書打字。謝謝三嬸嬸寫故事，並且幫胖叔叔打字。

謝謝小叔叔寫故事，並且為我和咪咪貓拍照片。謝謝快要做我小嬸嬸的黃阿姨為這本書校對。

謝謝康康弟弟常常和我一起餵貓，並且一直為我保密，他以前從來沒有把我偷偷在樓上養貓的祕密告訴別人。謝謝皮皮哥哥寫故事，並且常常寄漫畫及玩具給我和康康。謝謝恬恬妹妹寫故事和喜歡我的咪咪貓，還有她也常常回來幫我餵貓。謝謝鹹鹹弟弟，雖然他才剛生出來，還不會說話，但是我想他一定也會很喜歡咪咪貓的。謝謝妞妞妹妹和翰翰弟弟一直很愛護我的咪咪貓。（妞妞和翰翰是大伯母的外甥）

還要謝謝所有喜歡這本書的讀者。謝謝你們喜歡我的書和我的咪咪貓。

第十一章

謝謝！—薇薇

國家圖書館出版品預行編目(CIP)資料

小薇和 25 隻貓 / 醉公子著 .
-- 第一版 . -- 臺北市 : 樂果文化出版 : 紅螞蟻圖書發行 ,
2019.12
面 ; 公分 . --(樂生活 ; 47)
ISBN 978-957-9036-22-1(平裝)

863.55 108018584

樂生活 47
小薇和 25 隻貓

作者 / 醉公子
總編輯 / 何南輝
行銷企劃 / 黃文秀
封面設計 / 引子設計
內頁設計 / 沙海潛行

出版 / 樂果文化事業有限公司
讀者服務專線 / (02) 2795-3656
劃撥帳號 / 50118837 號 樂果文化事業有限公司
印刷廠 / 卡樂彩色製版印刷有限公司
總經銷 / 紅螞蟻圖書有限公司
地址 / 台北市內湖區舊宗路二段 121 巷 19 號(紅螞蟻資訊大樓)
電話 / (02) 2795-3656
傳真 / (02) 2795-4100

2019 年 12 月第一版 定價/ 250 元 ISBN 978-957-9036-22-1